# 人生後《あと》ほど面白い

## 味が出るのはこれから

森 久士
Mori Hisashi

幻冬舎MC

# 人生後《あと》ほど面白い
# 味が出るのはこれから

# はじめに

死ぬ時は「良い人生だったと納得して死んでいきたい」と思う。そういう方は多いと思います。憂いなく満足の中で苦しまず、怖がらずにぽっくりと静かにあの世に逝きたい。理想ですがなかなかこのようにはいかない。まずは定年や廃業が近づくにしたがって、後輩やら跡継ぎに慣れ親しんだ職場を徐々に追い出され、家族からは「今まで頑張ってきたのだから、これからはゆっくりしてください」などと本心とも思われる思いやりを言われるが、しばらくすると邪魔にされ、粗大ゴミだとバカにされ、何もすることがなく、当てにされることもなく、仕事以外の友達もいない寂しさを味わい、さらに年金以外の収入もないのだから遊びに出かける金もないし、昼間から遊ぶすべも知らない、兵糧攻めにあって楽しいどころか憂鬱な日々、これから先は運が良いのか悪いのかすらわからないが、20年以上も生きていかなくてはならない。そして、2人に1人はガンで死ぬと脅されて考えると夜も眠れない。ガンで苦しんで苦しんで、悩んで悩み尽くして緩和ケアーに入り、何とか家で死にたいと思ってもその思いもかなわず、病院のベッドの上で終わりになる。死に方は自分では何ともならないことが多く仕方がないことかもしれません。しかし、ボケなければ死ぬ間際までは自分の意志を表明することは出来ます。

長年勤めた職場を退職したり、長年守り続けた家業を譲ったり廃業したり、はたまた俺は死ぬまでこの仕事が天職だと務め上げたりと色々な生き方がありますが、いずれにしろ人生の最後は必ず来ますので、納得して満足の内に終えたいと思うのが一般的ですね。納得のいかないままで終わることだけは自分に許せないと思う方もいれば、やれやれ終わりかと満足とも不満足とも思いを巡らしながら「まあ良い方だった」と特にあるわけでもない基準というか、他人と比較して自分自身に言い聞かせて終わりを迎える方が多いようです。

家族を養い自分の業績を残し「立つ鳥跡を濁さず」の日本人の文化的気質を守りながら、自分で自分の人生を褒めて安心してこの世を去れる知的才能を最後まで保っていく優秀な方もたくさんおられます。

この本では、死ぬまで天職として1つの仕事を終える人のことは考えないことにします。これらの人は死ぬまで安定した精神で楽しい普通の満足を味わい続けることが出来る人で、感動的な満足や未知への挑戦的満足を選ばない方々でして、一般人と比べて土着民族的思考が強く良くも悪くも動かず、現状変化を求めない選ばれた方ということが出来る方たちなのです。大部分の大衆は60歳頃を境に新たな人生の大変革で大海原に出発しなくてはなりません。金持ちでも貧乏人でも半強制的に組織制度社会から放り出され、新たなシステムに入るように強要されます。人生の終局、断崖絶壁の先にあるゴールには閻魔大王様がお待ちになっていてくれます。

もちろん60年以上も生きてきたのですから知識経験、社会の常識や社会の仕組みは身に付き、新たな出発の準備は万全であるはずですから、怖いものは何もないのが当たり前なのですが、不器用さと積もり積もった過去のしがらみ的経験が邪魔になったり、そして身体機能や体力の衰えも問題になり、閻魔大王様に拝謁する最後の航海に不器用に櫂《かい》を取ることになります。エンジン全開で出発する者もいれば、乗る船すら見つからずウロウロする者、船に乗ったは良いが船もろとも打ち寄せる波に翻弄されてオロオロとただ漂う者、もしこの最終レースの見学者が高みから見ているなら面白いでしょうね。

しかし、とにかく高齢者の入り口までたどり着けたのですから、まずはここまでは大成功だったといえますね。人生の半ばで交通事故や病気で倒れてしまい、意に反して死んでしまった方も多数います。人間は生き物だから仕方がないといえば仕方がないことですが、今この本を手に取っている方はそれなりに運良く高齢者といえる還暦までたどり着けた方であることは間違いありません。

この「運が良かった方々」が、ここから最後の生き方をする人生の本番に入るわけです。

人生100年時代の幕開けです。50歳頃から計画をして60歳の還暦から準備を行い、70歳の古希になったら起業して、80歳の傘寿で円熟を迎え、卒寿の90歳からは名人と呼ばれ、そして百寿《ももじゅ》を迎えたら国宝（酷放）といわれ、それからゆっくりと閻魔大王様の前に差し出すものを整理するのがいいですね。人生後ほど面白く、味が出るのはこれからが本番です。出し殻になるまで楽しもうではありませんか。

# 目次

# 第1章　人生後になるほど面白く

20世紀最後の12月31日、同級生が除夜の鐘撞きに集まった。天心寺の住職徳久から「六十肩になってしまい除夜の鐘が撞けないから手伝ってくれないか」と助けが入る。何代にも亘る檀家であるので真紀夫は「それはいかんね。仲間を連れて出かけるよ。了解了解」と電話で軽く約束をする。

真紀夫は「俺ももうじき定年やな、ぼちぼち町内の行事の手伝いを覚えなくては」と思い住職の頼みを聞いて同学年の連れに連絡を入れる。

「信くん、どうだ、元気しているか？」

「あー、まあぼちぼちってところかな。どうした珍しく電話なんかしてきて」

「住職の徳久に頼まれて、年越しの除夜の鐘を撞いてくれと言われたのだが、付き合ってくれないか」

「そりゃあ、どうせ紅白が終わったらいつものように神社とお寺にお参りに行くつもりだからいいけど。住職どうかしたのか」

「住職が六十肩になって除夜の鐘が撞けないと言ってきたんだ。そこで、何人か集めて鐘撞きやってくれとのことだ。信二やってくれるか」と真紀夫。

「了解。どうせ檀家だし鐘撞きも面白そうだから付き合うよ。そうだ賢のところも墓あったよな、俺から電話してみるわ」

「そうか、人数が多い方がありがたい、今年の除夜は寒いと天気予報で言っていたからな、じゃあ頼むわ」と真紀夫は電話を切る。

住職と真紀夫、信二と賢治は幼なじみで、子供の頃は住職と寺の中を走り回り、先代からよく怒られたものであった。そして、住職の母親のお庫裏さんからはいつも菓子をもらっては慰められていた。

そんなことで、住職からの頼みを断れない3人は寺に出かけることになった。

お参りすることはあっても除夜の鐘撞きは初めてのこと、作法も何もわからない。ただ１０８回突くことぐらいである。

毎年恒例の行事になっている30日の餅つきの後、３人は町内の喫茶店でお茶を飲みながら、賢治が「真紀夫、お前除夜の鐘を撞いたことあるか？　俺はガキの頃いたずらで鐘を撞いたら徳久の親父にひどく怒られたことしか覚えていないが」と不安を漏らす。

「俺も一度も撞いたことない。あんなもの紐引っ張ってゴンとやればいいだけじゃあないの」と真紀夫が軽く答えるが、信二も少し心配そうに「俺もないが、何か作法があるんじゃあないの」というのを聞いて、賢治が「だよな、何かありそうだな。住職に聞きに行くか」とみんなで出かけることになった。

そして３人は昼から墓の掃除をしがてら寺に出かけた。久しぶりに４人の元悪童の集まりである。

口うるさかった先代の住職は数年前に他界し、先代のお庫裏さんは80歳半ばで未だ健在、３人が来たことを知り玄関まで出てきた。

先代のお庫裏さんが「あら3人そろって珍しい。今回は悪いね。徳久が肩を壊して除夜の鐘が打てないとのことで、お手伝いありがとうございます」と玄関に座り込んで手をついて深々と頭を下げて挨拶をする。

3人は気楽に来たものの、この丁寧な出迎えで恐縮した。しかもガキの頃には散々世話になっていて、しかもはるか昔の素性を全て知っているのだから、いくら半世紀の歳月が経っているとはいえ身が縮まる思いである。恐縮しごくで「あああ、おかあさんお久しぶりです。頭なんか下げないでください。元の悪たれですから許してください」と照れ笑いをしながら、母親の腕を支えながら起こして、上がってくださいとも言われる前にさっさと玄関を上がり奥の部屋に入っていく。

衣を羽織った住職の徳久が「よ、悪いな。手伝ってくれるか?」と部屋の入り口で出迎える。

「しょうがない。どうせ暇だから手伝うが、どうやったらいいのか聞きに来たんだ」

「大したことはないよ、11時か11時半頃寺に来てくれ。そして振舞のお酒と、子供さん用にミカンを用意しておくから、鐘を撞いた人に1つずつ配ってくれればいいよ」

それでも真紀夫は初めてのことなので「鐘の打ち方は何か決まりがあるの」と聞くと徳久は「そんなものは特にない、田舎のお寺だから気楽にやればいいよ。最初に俺が線香を立てて新年のお参りをして1鐘を打つから、後はお参りに来た人順に打ってもらえばいい、人が切れた時は間が空いてしまうから、みんなで適当に打ってくれ」と言った。３人はそれを聞いて「え、そんないい加減でいいの？数は１０８つだよね」と信二が念を押すと、徳久は「多くの人が来ると打てなくなって寂しい思いをするから、数えないことにしている。全ての人が煩悩を払って新年を迎えることが出来るように打ち続ければいいよ、ただ前の人が打ってゴオオーーンとある程度鳴り終わったら次の人となるようにだな」

除夜の鐘など今まで数えたことがない賢治は「了解、で何時頃までやってればいいの……もっと難しいものかと思っていたが、気が楽になった」と安心した。

徳久が「除夜の鐘のことはいいとして、お前たちもうじき定年だよな」と話を変える。真紀夫が「もう59歳だな、残りは後1年だよ。定年延長で65までは働けるが、管理職から特別職に格下げで週4日で残業なしだからな。給料も今の半分以下になるから続けるかどうか思案中だよ。女房は当然働きに行くものと思っているがな」と迷いを言うと、信二が「うちも一緒や。女房はどうも俺が家にいたら困るような言い方するんだ。老後の資金が心配だからまだ当分働いてくれなきゃって。俺は市民農園借りて畑をやりたいと思っているのだが、この前シルバー人材センターのパンフレットがテーブルの上にそれとなく置いてあるのには参ったよ。賢、お前のところはどうだ」

「俺は元々出世はしないように現場をやってきたから、今までどおり身体が続く限り働ける。現場は人手不足で俺なんか貴重品だから、定年の話などまったく出てこないから何の心配もない」

信二が「賢ちゃんは、昔からちょっと変わり者だからな、いつも社長と喧嘩していたみたいだな。それで出世できなかったでないの」と冷やかす。

賢治は「出来なかったと言ったら語弊があるぞ（笑）俺は偉そうなやつがいると逆らいたくなる個性があると言ってくれ」と言い返す。

「ははは、まあいずれにしろ人生も残り少なくなったな、俺は死ぬまで坊主やるしかない。昔は坊主丸儲けなんて言ったが今では寺の維持をするだけで一杯一杯だよ。貧乏寺でも、無くなれば地域の人が困るからこのままやるしかない。坊主以外には何も出来ないしな」と、徳久が頭を左手でくるくるとなでる。六十肩で右手は頭にも届かない状況である。

生まれてから20歳頃までは出会いと勉学の時代ですね。言葉や文字、社会のルールや人格の形成などの基本的なことを、そして遊びや友人作り、社会に出てからの働き方など忙しく人生出港の準備であった。

20歳から40歳頃までは、人生の創成期ですね。仕事に就き技術を身に付け人脈も出来社会に貢献出来るようになり、結婚や子育てなど社会での中心的役割が始まる年齢で、長い人生の内で最も充実して希望が持てる時でしたね。

当然この段階で躓いてこける者もいましたが、若さがその失敗を覆い隠してくれ、表に出ることは少なく、大失敗でなければ修復ややり直しも十分に出来る時期でありました。

40歳から60歳頃までは、人生の完成の時期になりますかね。良くても悪くても人生の頂点に達して折返しに入る時期でしたね。人生の山頂に立って自分の歩く道をはるかに見渡せることが出来る位置だったといえますね。そして後半には老後の準備に入ります。仕事も役職も持てる技術も全てを後進に受け渡していくことになります。ここで失敗するともはや取り返しが出来ず修復に追われることになります。

60歳から80歳頃は、今までの延長できた生活手法が180度ひっくり返るというか、全く経験の無い社会システムの中に入ることになる人が大部分ですね。特に組織にがっちり組み込まれ成功を収めてきたと自負する人には、今までの価値観、築き上げた人脈や地位や名誉も磨き上げた技術、そのほとんどが役に立たない白紙から始まる人生の始まりですね。

こちらに用意が出来ていようがいまいが、お構いなしに舞台の幕が開きます。台本もない指導してくれる人もいない、見たことも経験したことも無い舞台の上に立たされ、最後の舞台の幕がこちらの都合には関係なく開いていきます。

どうしたらいいのかわからず閉じこもる人、ただウロウロと眺めている人、わけもわからず動き回る人、ただただ混乱の日々が数か月、いや数年続き、やっと居場所や踊り方が見つかった人はいいのですが、結局何も見つからずにボケてしまう人、舞台の片隅で１人ぼやき続ける人、徘徊やクレーマーになり自分を中心に世の中が回れと愚痴る人、テレビ評論家の真似をして周りに解説して歩く人も出てきてしまう、人生再出発の最大のターニングポイントとなります。

ある高齢者が夏の暑い日に「ところてん」を食べていた時、どんぶりに入ったところてんをジーッと見つめて「俺の人生なんか、このところてんのようなもんだ」つぶやいたことを思い出しました。

「生まれてからこの60年代の初めに還暦を迎えるまで、ところてんのごとく後ろから押し出し棒で押されてきたようなもので、大騒ぎしながらもずるずると進んできたが、ところてん突き出し器の出口から押し出された細長いところてんは、今度は後ろから押してくれる力がないから一旦どんぶりの中に入り、その後誰かにすくわれて口に運ばれるか、どんぶりの底に溜まり続け最後は残り物として流しに捨てられるかに分かれる。ところてん突き出し器の出口から出たところてんは、今までの形状とは全く違い１本１本細くまとまりもなく、少し強く引っ張れば切れてしまうか弱い状態になってしまっているが、四角く柔軟で固体であったところてんの独り立ちなんです。細く力ないが、しなやかにどのようにでも曲げられ、酢やゴマダレで味付けされ、ところてんとしての完成を見る。大好きなところてんを食べるたびに、人生はところてんみたいなものだと思うんです。なんでこんなつまらないことを思うのか自分でもよくわからないのですが、なぜか夏になるとところてんが恋しくなって食べるんです」

「今日も退屈な1日であった、誰とも口をきくこともなかった」と仕方なく酒を飲み、飯を食い、風呂に入って床に就く。そして明日も変わらぬ日がやって来る。

「人生後ほど面白い」そんなことあるわけがない。「残りの人生が面白くなるわけがないでしょう」と自ら自滅の道を正当化する人。

「仕事も無ければ金もない、わずかな年金でケチケチ暮らし、特に何かを期待されるわけでもなく、誰かに頼りにされることもない」とぼやく人。

　どんな生き方をしていても毎日情報だけは万遍なく提供されてくる日本は素敵な国です。

居間からテレビのニュースが流れる。

「今年の桜は例年より1週間ほど早く満開を迎えるようです。城山公園では地域おこし武将隊の皆さんが来園された方々に見せるパフォーマンスの練習です。……」と花見情報を伝えている。

パジャマ姿で起きてきた賢治は
「おい、朝ご飯食べたら城山公園に花見に行ってくるわ」。

この時期、いつもの日曜日なら、朝ごはんの後に高校野球を見ながらゴロゴロしている主人に「掃除機の音がうるさい。テレビの音が聞こえん」と愚痴を言われている奥方。主人が散歩に出かける様子を見てほくそ笑む。

4年前に散歩用にと買ったスニーカーも真新しいままである。薄茶色の少し細めので高齢者には似合わないズボンと、緑系のチェックのカーディガンを白色のTシャツの上に羽織り、薄茶色のハンチングハットをかぶり片道3キロメートルほどの城山公園に出かけた。

賢治は今までこの公園まで歩いたことが一度もない。この町に引っ越してきてからもうかれこれ60年以上住んでいるのに、車で近くを通り抜けることはあったと思うが、普通に歩いていけば40分ほどで着くことが出来るのに歩いた経験がない者にとってはどれぐらいの時間がかかるか予想がつかなかった。そこでどうしても早足になりセカセカと歩くと、春とはいえ背中が汗ばんできた。自転車で来れば良かったと思いつつ歩く。眼前に満開の桜が咲く公園が見えてきた。気持ちも急に楽になり出した。

「なんだ。意外と近いではないか」と思う。

公園に入ると紅白の幕が引いてある茶店が見えてきた。小腹も空いたし団子でも食べようかと、外の縁台に腰をおろし「団子にアイスコーヒーください」と店の中を見ると、見慣れた人が団子を焼いている。

「あっ、鈴木さんが団子焼いているの」

町内の役員をしている鈴木さんが「山田さんいらっしゃい。私、団子係なんです。おいしい団子ですよ。ありがとうございます。回覧板見てきてくれたのですか」と言う。賢治はテレビを見てきたとは言えず「ええ、どうも皆さんご苦労様です」と言ったが、賢治は今まで回覧板を見たことが一度もない。あれは奥さんが見るもので自分には関係ないものと思っていた。すると、茶店の奥から兜をかぶった武将が出てきた。見たことのある顔だなと思うが思い出せない。黙って見ていると、

「市会議員をしています岩瀬です。いつもお世話になっています。旧市内の市会議員が順番で大将をしています。あと1時間ほどしますと若い衆の武将隊が演技をしますからゆっくり花見をしていてください。コーヒーでなくてビールでもどうですか」と少し太めの声で案内を受ける。「いえ、朝からビールはどうも。コーヒーでお願いします」と、なぜか恐縮する賢治。

コーヒーと団子を運んできてくれた方は、やはり町内の女性部長をしている方で見覚えがある。賢治は団子を口に運びアイスコーヒーを味わうことなくセカセカと飲み干した。

そして、

「ありがとうございました。おいしかったです」

と、お金を出そうとすると、

「町内の方には無料券が出ていますからいいですよ。後から奥様から券いただいてお

きますから」

と、言われ、

「そうですか、ありがとうございますありがとうございます」

と気もそぞろで店を出る。

店を出て賢治は一息大きく息をして「えーっ、どうなっているの？　俺は何も聞いていないぞ」

と、腹が立つやら情けないやら、とても花見をしている精神状況ではなくなってしまった。俺は町内のことは全く知らない。定年になって毎日自宅にいるようになったら、俺も町内の行事に誘われることになりそうだが、こりゃ面倒というか大変だなと思うのであった。

孫に「おじいちゃん長生きしてね」と言われるが、ただ生きているだけで何が面白いか。

そんな爺様でも、子供の頃は貧乏で金もなく、ほったらかしで育てられ、親にとっては嬉しい存在であったが本人にとっての目標なんてほとんどなく、毎日喧嘩と駆けずり回るだけだが、とても生き生き過ごしていた。子供の頃と同じように定年後20年以上あるなら、生まれた子が20年間生きるのと時間の長さは変わらないのに、子供の頃は生き生きと過ごし、人生の後ろの方はつまらなくぼんくらに過ごす。70年も積み上げた経験を持っているのに面白く出来ない、楽しく過ごせないなんておかしいですよね。絶対におかしいですよ。

子供の頃は、見るのも聞くのも、参加することも出かけるのも、食べたり話したり、ちょっと道草するぐらいのことでも、とにかく何をしていても楽しく過ごせた。

あれから70年「あなた今晩のご飯何にする？」「何でもいい」と気のない返事。子供の頃なら母親が「今晩何食べたい？」と聞けば「ハンバーグ」「焼き肉」「カレーライス」と次々に返事が返ってきたのに「何でもいい」しか頭に浮かばない。「何でもいいじゃあ困るわ」と嫌な顔をされるが全く何も思い浮かばない。たぶん聞いている方も何も浮かばなくて、自分の情けなさを相手に転嫁するために聞いているに過ぎないと想像するのだが、そんなことは怖くてとても言えない。

テレビの温泉巡り特集を見ていた奥さんが
「あなた、私たちも温泉に出かけましょうか」

「面倒だな、行きたいなら友達と行ったら」とこれまたすげない返事。

あの子供の頃の楽しい日々はどこに行ってしまったのだろう。

ささやかな日々の中にかけがえのない喜びがある。そんなことはウクライナの戦争のニュースを見るたびに思い知らされるのだが、平和な社会にどっぷりつかっている日本人には、もはや喜び方や感激を忘れた飛ばないカラスか、太り過ぎて飛来の時期が来ても飛べなくなったお堀の鴨のようなものになってしまっている。鴨なら食べられるがカラスじゃ食うことも出来ない、やかましいだけの厄介者でしかない。

テレビの人気番組で「ボーっと生きてんじゃねーよ！」が流行語になったが、これからが本番なのです。退職は職を退いただけのことであり人生を退いたのではない。人生の本領はここからが本番なんですというか、この人生最後の舞台を踊らずして今までの苦労は何だっただろうと思います。

人の一生は四国遍路の巡礼にもよく似ています。遍路全行程1450キロといわれています。これを人生の行程とすれば1番札所の霊山寺を出発して、23番の太平洋を望む薬王寺までが発心の道(場)といわれ、人生でいえば少年時代に社会のルールなどを学び知識を身に付ける時期ということですね。24番の最御崎寺から土佐に入ります。これが修行の道といわれ太平洋を左手に見ながらひたすら歩きます。ここを踏破すれば歩く姿すら本物のお遍路さんに変わる道といわれます。人生でいうなら仕事を覚え職場の中でも一人前として最前線で戦う戦士になった頃でしょう。40番の観自在寺から65番の三角寺まで菩薩の道、ここには弘法大師さまも足を引きずって難儀して歩かれ、足摺岬の地名が付いたといわれる90キロ以上の遍路道があり、この道を踏破すれば道後温泉が待っています。人生でいえば定年前までの一番充実した時期で、会社や家庭において責任も大きく、後進の指導や社会人としての貢献もしなくてはならない時期といえます。山の上にある66番の雲辺寺から88番までが涅槃の道と呼ばれており、雲辺寺の横にはスキー場があり、四国は暖かいところと思っている人にはびっくりするお寺です。冬、雪の積もる500羅漢の参道を歩けば、今までに巡り合った人々の顔を思い出すかもしれません。７月には紫陽花寺といわれ、冬の厳しさとは一変した気持ちを持たしてくれる涅槃の道の始まりです。最後の88番大窪寺への道には多くの石楠花が咲き、踏みしめる１歩１歩に嬉しさが湧いてきます。人生でもこのように最後は命を使い切った達成の喜びを味わいながら終わりたいですね。大窪寺をお参りして満願達成のお礼に高野山奥の院におられる弘法大師さまへ参るのですが、これで閻魔大王様の前を通る時の通行手形が完成となり一安心です。

60年も70年も勉強と経験をしてあなたも涅槃の道の入り口に立てたのですから、いよいよこれからの出番が喜びの本番です。涅槃の道を楽しく歩かなくして、今までの巡礼は何だったかです。人生の途中でバスやタクシーに乗ってインチキ遍路した人も、この最後の涅槃の道だけは歩いて楽しみたいです。

仕事を離れて、今からは死ぬまで自由にして無限の時間があります。仕事に追われるでもなく、ノルマがあるでもない、子育ても終了し、憂いるものは年老いた親ぐらいです。やりたいことは何でも出来ます。ここで何もしなかったら人生の大失敗になってしまいます。

子供の頃は毎日が、見るもの聞くこと、そしてやることも知らないことばかりで、不安の中にも新鮮であった。だから子供の1日は長く1か月は疲れた大人の何倍も充実していました。ですから1年がとても長く感じたのですが、60年もやってくると、感激や感動することがほとんどなくなってしまい、今日も何となく1日過ぎた。無事に1か月過ぎた。これでは昨日何をしたのか何を食べたのかすら思い出すことも出来ずに、アッという間に1年が過ぎてしまいます。1年経ってみたらその年に起きたことも、やったことも思い出せなく、「え、あれ。今年だったか？　昨年だったか？」すらわからなくってしまいます。

こんな半ボケのような人生を一新するのが70歳からです。毎日が感激、感動の始まりです。

就職して職業に就いて集団生活も経験した。結婚して家庭生活や子育てもして40年間も色々な喜びも苦労も勉強もさせてもらえた。しかもお金もいただき実にありがたいことであった。

もう世の中の制度や善悪、原理原則はほとんどわかる。わからないのは最新の機器とそのシステム、それに若者言葉だけであるが、そんなものはたいして問題ではない。苦にしなければいいだけです。65歳以上が日本人口に占める全割合は25％。4分の1以上、3000万人以上います。この人数はコアラのいるオーストラリアの全人口よりはるかに多いのだから、最新のことなどわからなくても自分にとって都合のいい人だけ相手にしても、し切れないほどの人がいることになります。

そう思えばものすごく気が楽になりますね。スマホなんて関係ない、ガラケーで十分だ、電子マネーなんてどうでもよい。いつもニコニコ現金払いが一番、あるだけしか使えないから安心だ。インターネットなんて、なんで必要なのだかわからない。あんなものがあるからだまされて金を盗られたり、押し売りに引っかかったりすることになる。店やに行って品物を見て触って確かめて買うのが一番に決まっている。

こんな昭和の生き方でも、人生の本番を迎えることは出来るのです。

この本番の人生に際して、多くの高齢者が「そんなこと出来ない。やりたくない。やれっこない。歳だ」と尻込みをします。やれば出来るのに実にもったいないことであります。

孫には「好き嫌いないように、嫌なことや難しいことも頑張ってやろうね」と諭すのに、自分は「出来ない」の一点張り。なんて我がままで矛盾した年寄りなんだろうか。しかも矛盾しているとは自分では感じていないところにそもそも問題があるのだが。

交通信号を見て「赤だから渡ってはいかん」と偉そうに教えるが、サッカーや野球はじいちゃんは出来ないと、急に消極的になる。ましてやスキーや水泳ともなれば、そんなものはとても出来んとそりくり返る始末。孫から見ればじいちゃんは何て都合がいいのだろうと感じているに違いない。人間はやりたくないことは理屈を付けてやらなくてもいいものだ、許されるものだと教育しているようなものである。

うまく出来ようが出来まいが、柔軟性を失った脳は今までの長く苦しかった経験から「出来ない」「そんなこと出来るわけがない」と取り合わない。中には「若い頃なら出来たがこの年になると怪我をするといけないからやらない」などと格好や言い訳を付けてでもやろうともしない。何の経験もない5歳のガキたちよりもたちが悪い。過去の経験による既成概念にとらわれたことをベースに生きていくのでは面白い老後が来るわけがありません。

日本のマスコミも年寄りには過度に反応します。コロナが流行し始めると、マスクや手洗いなどはまあいいとしても「外には出るな、家族にも孫にも会うな。特別な時以外は人には会うな」と連日どころか連時間絶え間なく「危険だ危険だ」と発狂したかのように公共の電波を使って報道を繰り返す。施設に入っている年寄りには長生きさせることだけが全て正しい、との新興宗教の信念のように見える。夏が来て暑くなれば熱中症になるから「外出するな家にいなさい、運動は禁止です。クーラーをつけて定期的に水分を取るように」と、これまた口うるさく過大親切の押し売り合戦を始める。これらの度を越した報道によってどれほど多くの高齢者が生きる喜びを失い、ボケが進行して動けなくなったかは全く検証されていない。夜のニュースでは「今日は何名何十名緊急搬送されました」と、各社が競って脅迫の報道するが、例えば30名が搬送されたとしても、日本人口は1億人以上いるのだから、千万分の3にしかならない誤差以下のパーセントしかない。外に出なくて足腰が弱って寝たきりになって死んでいく確率の方がはるかに高いと思われるのに、行政機関からの勧告にバカのようにしたがっている。彼らには自分自身で判断する能力がないのではないのかと疑う毎日であるが、彼らはきっと「俺たちは報道の使命を果たした」と自己満足しているに違いない。

年寄りの言い訳の中に、時間がないからと言う人もいる「子供はまだこれからだから時間がたくさんあるが、わしらはもう先が短いからな」なんてもっともらしいことを言うが、子供たちは毎日幼稚園だ学校だと朝から出かけ、家に帰れば英語だ習字だスイミングだと塾に出かける。毎日時間に追われながら日々過ごしているのが現状です。半面多くの年寄りはどうやって1日を過ごそうかと、がら空きの日々に苦慮している。

子供には無限に時間があるように言うのはもはや屁理屈としか聞こえてこない。20年も過ぎれば社会人への入り口という最初の関門が待っている。そして会社に入れば仕事に追われ出世に追われ、また住宅ローンや子育てにも追われ、40年も不自由極まりない制約された時間を過ごすこととなり、せっかくの休みの日も家族サービスと称して動き回り、生きる時間は長くあったが自由な時間はほとんどない日々を過ごすことになる。

定年を迎えたあなたは、これからはゴール地点の決まっていない「死ぬまで無限な自由な時間」が人生初めて与えられたのですから、医者から余命通達を受けるまでは、これを楽しまなくては何のために生まれてきたのか、今までの勉強と経験を生かさないのはもったいない限りであります。

今日も明日も今月も来月も、今年も来年も大満足に生きなくては嫌だ〜。

「いやいや心配してくれなくてもいい、私は毎日自由な時間を楽しんで生きている。朝からちょっと一杯朝酒の気付け薬を飲み、昼は栄養ドリンクのつもりでビールで栄養と水分の補給を行い、夜の晩酌は今日一日の感謝を込めて飲むことにしている」なんて豪快な人もいる。

「何といっても明日の予定がないのだから、何の心配もなく安心して酒が飲める。天国のような毎日だよ。まあ1人だけうるさいのがいるけど、向こうも何か勝手にやっているからあいこだ」

そのうるさい相方は「私は旅行が趣味なの、だから日帰り旅行を入れたら1か月4回は出かけるわ。旅先できれいな景色や珍しいものを見学し、美味しいものを食べ、食べた後は温泉に入ってお肌のお手入れとストレス解消ね。一番の問題は旅行から帰ってくると1キロは体重が増えていること……太るのはちょっとみっともないけど貫禄付くのも健康の証拠ね」と、苦しい言い訳をする。

お金のある人は、その金が続く限り、足腰丈夫で歩ける健康がある限り、そしてボケなくて命がある限り、心許せる同伴者がいなくなるまで飲み続け食べ続ける。

その反面、お金のない人や同伴してくれる人がいない人は、テレビの番をしたりペットに慰められながら家の周りをひたすら歩く日課となる人が多い。もちろん全く歩かない人もいるが、毎日2時間も歩いても時間は余り散歩の後は朝寝、そして昼からはショッピングモールの中を歩き、疲れたら昼寝をする。楽しいかどうかではなく、よく言えば健康維持のためのルーチンである。

「よ、真くんじゃないか久しぶりだな、何してるんだ」

「散歩だよ」

「え、この中散歩しているの」

年男はショッピングモールの中を散歩するなんて考えたことはなかった。散歩は外を歩くものとしか思っていなかった。

「そうだよ。今日は天気予報で雨が降るって言っていたから、外の散歩はやめて室内散歩にしたんだ、宝くじもついでに買いたかったからな」

「なるほど。ここなら休憩も出来るし買い物も出来るから便利だよな」と感心する。続けて、

「お前は運動は何かしているの、俺はスポーツジムに行っているよ」

「えーそれはすごいな、どこのジムだ?会費高いだろ」と尋ねる真紀夫。

「いや丸山公園の北側のところに市営のスポーツセンターがあるだろ。市民の高齢者は割引が効いて1日使いたい放題150円だよ。しかもお風呂もあるしシャワーもあるから、俺シャンプー持っていって終わると入ってくるんだ。まるで温泉と一緒だよ。

家の風呂代も助かるから得だね」と市営ジムを紹介する。

　真紀夫はビックリして、

「知らなかったな、150円でジムとお風呂入れるの」

「同級生もたくさん来ているよ、たまにはみんなで終わった後近くの喫茶店にお茶しに行ったり、その後ボウリング組やゴルフ組に分かれてやっているよ」

　真紀夫は「1人で散歩しているよりそっちの方が面白そうだな、俺も行こうかな。毎日行くの」聞くと、

「いや俺は週に3回程度だけど、行けば知っているのは必ずいるよ、常連がほとんどだからすぐに仲間になるから心配ないよ」

「そうなの、俺も行くことにしようかな。初めてだからお前明日連れていってくれよ。持ち物は何を持っていけばいいの」と真紀夫は早速行くことに決めた。

「プールをやるなら、水泳パンツにスイミングキャップとタオル。ジムをするなら着替えときれいな運動靴、汗拭きタオルと後でシャワー浴びるからシャンプーあるといいよ」と説明する。

「家にあるものばかりや。飲み物は何か持っていくのか?」

「自動販売機もあるけど、自前で水筒を持ってくるのもいるよ、僕は面倒だから自販機組だな。中には特性ドリンク作ってくるのもいるよ」と付け加える年男。

「何入れてくるの、まさか酒ではないよね」

「それはないでしょ、コラーゲンとか今はやりのプロテインとか色々テレビで宣伝しているだろ。膝にいいとか腰に効くとか、血圧が下がるとかいうの入れているみたいだな」と言うと、真紀夫は酒なんてバカなことを言ってしまったと思い、「なるほどみんなそれなりに工夫しているんだ」と付け加える。


毎日面白くするには興味を持ったものには参加すること、参加するには出かけること。

あれこれ理由を付けない、あれこれ理屈を考えない、あれこれ心配しない、あれこれ見栄を張らない、あれこれ言い訳しない。この5原則を守ることです。

## 1．あれこれ理由を付けない

子供の頃は友達がやっていれば自分もやってみようと思うし、親がやってみたらといえば少し嫌でもやってみます。

テニスでも水泳でも散歩でも、何かスポーツを始めるとしよう。今までやったことがないかもしれないが誰でも最初がある。ルールを知らなくてもいい、やれば自然と覚えるものです。

わからないことは、やっている人に素直に聞けばいいことだ。みんな自慢気に教えてくれるし、中にはあなたをわざわざ探してお節介に指導してくれる人もいる。それでもと思う人は、スマホの動画を見れば大抵のことはわかる時代です。

スポーツだけではない、当然社会奉仕やシルバー人材などの仕事もある。仕事も遊びも自分の状況に合わせて考えれば良いのです。

飛ばないカラスは、とりあえず、まずは理屈を付けていないで羽ばたき始めなさい。飛んで落ちるのではないかと自己保身を大切にして動かないのではなく、どうせ高くは飛べないから低く短く休み休みしか飛べないのですから心配は不要です。

未就学の子供が出来て、あなたに出来ないわけがない、やってみましょう出来ますから、やれば楽しくなるから、理屈を付けずに格好を付けずに始めることです。下手で結構、何が悪い。誰にでも最初はあるんです。10年先を見ていてくれ。きっと気持ちだけはプロ並みになるから。「見かけと、思い込みと、それらしく」が大切なんです。

幼い子供がテレビのアニメを見てヒーローの真似をしているのと似たようなもので、見かけと思い込みが人生に彩を付けてくれるのです。恥ずかしいと思えば何も出来ません「どうだ、よく似ているだろう」と居直ってしまえば周りも楽しく自分も楽しくなりますね。みんなの前で歌うカラオケと違い誰にも迷惑をかけていないのだから、気持ちを楽に持ちましょう。

## 2. あれこれ理屈を考えない

運動は理屈ではない。身体が覚えることだ。最初の内は身体が動かないが、たとえ70歳になっても、やっている内に動くようになるものです。そんなことは若かりし頃経験して知っているが、動きたくないあなたは、それでも理屈を付けなくてはプライドが許さない。あなたが思い付く程度の理屈は既に先人が思い悩んで解決されていることです。やっている人に素直に聞けばいいことですし、もしあなたが動画サイトの動画を見ることが出来るなら、無料で毎日何時でも動画教育を受けることが出来ますね。この動画は丁寧親切、そして細かいところまで教えてくれます。そして、怒ったりえばったりしません。何度でも納得するまで教えてくれます。

理屈を考えてからでは動けない。動きながら理屈を考えると腹が立ってくる。動いた後から理由を考えると達成感や満足感に満たされ2度とやらなくなる。よって理屈は考えない方が良いのですが、人間は年を取るにしたがって理屈を考えるのが好きな動物なのです。

何かをやらないことを正当化するために、自分にも他人にも理屈を考える。どんなに理解しても、70年も育て上げた「理屈が服を着て歩いているような小悪魔」が忍び寄ってきて、あなたの意志を食いつぶし、行動の意欲をだめにしてしまいます。

5歳の孫のようになってしまえば未来は希望に満ちてパッと開けてきますね。あなたが歌を歌っていようが踊っていようが「どこかの、いかれたおっさんが、ようやっているわ」と笑って通り過ぎていくだけで心配はいりません。

## 3. あれこれ心配しない

心配なんかしても意味がない。「寝てまで心配する愚か者」もいる。心配しているあなたの存在など誰も気にしていないのに「心配のし損」だけである。

その心配は数か月後には笑い話にもならない程度であることが多い。人の世の中だから心配も次々にやって来るが、あまりに次々とやって来るので高齢者の脳はすぐに疲れてしまい1つの心配事を考え続けられない。時たま思い出したかのように現れるがすぐに忘れてしまう。元々どうでもいいことだし、自分では解決出来ないような心配事なのであるから心配しても仕方がないことなのです。

どうでもいい心配事は色々ありますね。趣味のこと、友達のこと、孫のこと、病気のこと、リハビリや医者のこと、晩ご飯の心配から庭の草の心配、醤油が切れそうだ石鹸買うの忘れた、裏口の鍵かけたか。中にはテレビを見ていて隣の国のミサイルが飛んでくるかもや、ひいきの野球チームがまた負けた、回覧板を回すの忘れたので隣の人が怒っているのではないか、などと心配は尽きないものです。

老化した脳は心配事を消化し切れないと夜に目を覚ます。昼間に昼寝をするから寝付きが悪いのも原因の1つですが、そんな時にどうでもいい心配事が現れてくる。残念ながら楽しいことは現れてこなく、必ず心配事だけが現れてくる。「寝なくては寝なくては」と思うと余計に眠れない。「ヒツジが1匹ヒツジが2匹……」思えば思うほど寝れない。その内に腹が立ってきてなおさら眠れない。こんな時「愚か者愚か者愚か者……」と唱えると意外と寝ることが出来る。脳はこの心配事は明日考えればいいことなんだと明日に送り込んでくれます。すると脳は安心して眠りに就けるのです。1度試してみてくださいね。

あなたの心配事は今何でしょうか? 紙に書き出してみてみよう。あなたにはどうすることも出来ないことが半分か?やればすぐに終わるのにグズグズと放置しているものが半分ではないのでしょうか。やってしまえば半分の心配事はなくなるのですから、さっさと片付けてしまいましょう。自分では片付けることの出来ない心配なことは心配するのをやめてしまうことです。心配事の場所に行かない、心配の元になっている人とは付き合わない、離れられない人なら心配の元を済ましてしまうか、知らない振りで通り過ぎる。最後は面倒なことから逃げてしまうことです。どうにもならないことにこだわっているからいけないのであって、不登校の子供ではありませんから逃げてしまうのが一番です。周りからは「あのジジイ忘れてしまいやがって」と思われるだけです。人生の最後に思い悩んでウツ病になんかにかかるのはご免である。ウツ病よりもボケの方がまだましである。

家族や身内の心配事は逃げることが出来ず厄介ですね。しかし、よく考えてみればあなたは先に去っていく人、心配の種になっているのは後に残る人、困るのはあなたではなく後に残る人です。後に残る方はほとんど心配していないのに、先に逝く方が心配する必要はありません。残される人はあなたが居なくなってからも意外と安楽に元気に暮らしているものです。若い独身の時は、1人では食えないが結婚して2人になれば食っていけるものだといわれますが、年を取ると反対に、2人では苦しいが1人になると好きなようにやっていけるものです。あなたがどうしても片付けなければならないことなど、もはやほとんどありません。あなたの誤解から、私がやらねばと思い込んでいるだけなのです。

## 4．あれこれ見栄を張らない

「体形が悪くて恥ずかしい」誰もあなたを記憶に残るほど見ていないのに、見られていると錯覚して、見た目が良くなりたいと自分の身体に文句を付けている人が何と多いこと。化粧品から始まり美容整形、金の力で何とかよく見えるようにならないかと思う人に向けて、見栄を張るための商品が世の中にはびこっている。衣服から自動車、時計や光物の飾り物、美容食品にサプリメント、足の指の先までカラフルに塗る塗料。人類は文明を持ち始めた時から永遠と、努力を出来るだけしないで見栄え良くする手法を開発してきました。見栄のためなら命をもかける人もいる。それは人間だけではない。動物の世界においても雌をめぐって羽の色を鮮やかにしたり、鳴き声でアピールしたり、角や鼻をでかくしたりまた変身したりもする。人間ほどに進化した動物でもその習性はどうも変わらずに、下等動物と言ったら怒られそうだが本能生存動物と似たり寄ったりの見え張りの変身をする。バカバカしいと言えばそれまでですが、見栄を張り続けて死んでいくのも生き甲斐の内だから、それなりの価値のあることかもしれませんが、どこかで表向きの見栄ではなく内面を鍛えることの方が良いことではないのでしょうか？　外面を整えるには金とセンスがいります。内面を鍛えるには金と努力がいる。衰え続ける脳みそに頑張ってもらわなくてはならないし、衰え続ける筋肉に無理難題を要求しなければならないかもしれません。

だけど、自分の持てる潜在能力に働きかけて、脳みそを鍛え身体を鍛え直すと、人間本来の快感が湧いてくるものです。

金で付けた見栄は時間と共に消耗して流行と共に消えていくが、努力して付けていく見栄は、年齢と共に成長し年齢と共に円熟していく。例えば60歳にして初めてマラソンを始めた人は、最初は100メートルも走れないが、1年も続けていればフルマラソンも走れるようになる。確かに若者のように早くは走れないが持久力は70歳までは確実に伸び続ける。80歳を超えればレジェンドとして憧れや誉れの対象にさえなる。人間は自分が思っているより多くの潜在能力を持っているものであり、潜在能力を引き出すのをあきらめ、簡単な方法で見栄を張るのは最後の手段としておいた方が良いと思う。有り余る財力で高齢にもかかわらず見栄を張り続け、高級外車に乗り込み身体能力以上のスピードで走り事故を起こす愚か者もいる。自覚していただきたいものです。

スポーツにしろ文化活動にしろ若者のようにうまく出来ない。色々やる内に1つぐらいは人より多少うまく出来るようになる。見栄を張っている間はうまくならない。うまくなれば見栄を張らなくなるもので、見栄のような飾り物はすぐ化けの皮が剥がれるから持たないのが一番である。

見栄を張り続けると、嘘つきオオカミ少年のようになってしまうのが落ちであります。

## 5. あれこれ言い訳しない

人間は1歳の頃から言葉を覚え、3歳にもなるとその場に合わせて言い回しを色々と使い分けをするようになる。甘え、要望、怒り、不満、そして高等な言い訳や嘘まで繰り出して生存の優位性を作り出そうとする。人間の本能としてこの言い訳と嘘は人類の歴史を作ってきた要素の1つでもあるから、これからも消えることなく永遠の付き合いをすることとなるが、あまりに大きな社会を混乱させるような嘘は社会を破壊しかねないから、法律という約束事によって使ってはいけない行為とされてきたが、最近ではフェイクニュースなるものが氾濫して、何が真実なのかを見極めることが出来ない時代となってきた。実に嫌で危険な時代になったものです。しかし、小さな嘘は使われ続け社会の潤いにもなっている。「嘘も方便」という立派な格言もできました。今の日本のように豊かな社会になると、嘘の犯罪性が薄れ、オレオレ詐欺だの、宗教を使った詐欺だのと心の弱みに付け込んだ嘘が蔓延するようになる。人間が知的生物で信頼による集団生活を築いていく間は嘘も詐欺も泥棒も消えることはない。「泥棒もヤクザも警察官も同じ社会の構成員であり続ける。馬も四つ足亀も四つ足、鳩もカラスも同じ鳥」ということと同じですね。

「嘘はいけない」と何年にも亘って教育されるので、多くの人は言い訳と嘘に近い言葉を使い保身をすることになりました。この保身方法は70歳になっても続き、人生をやりくりする上で最も大切な道具となったのです。努力しない人したくない人、行動しない人したくない人にとってはこの「言い訳」なくして日々を過ごすことは出来ない大切なものであります。もちろん「不言実行」派の、あれこれ言わずに行動する人もいますがごく少数派であり、この不言実行派の人から言い訳人間を見ると「あ……また言い訳始まった」と思いながらも、せっかく言い訳言っているのだから邪魔してはいけないと、相槌を送ったり同情したり、たまには賛同したりと、付き合うのである。そうゆう私自身も、日々言い訳しながら小さな嘘もつきながら日々過ごしています。どんな聖人であろうとも嘘をつかない日など1日もないのが人間であります。

言い訳しても嘘をついても、うまくはいかないことは多く、口を動かさずに身体を動かさなくては先には進まないのに、口だけ動かして他人を動かして、うまくやろうと多くの人が試みる。しかし相手もすでに経験豊かですので、早かれ遅かれ見ぬかれて誰も動いてくれなくなる。そして年と共に社会の片隅に追いやられることとなります。

言い訳しても誰も同情なんてしてくれない。心の中でドジと思われているだけである。

言い訳しても、ならぬものはならぬ。その最たるものが交通違反や役所の手続きである。

年を取っていることを武器にして色々言い訳したがる高齢者が多いが、役所の手続きも交通法規も年寄りだから若いからの区分はない。年寄りだから許してもらえるなんてことはない。若い奴らには決してへつらうな、頼るな、当てにするなを忘れてはならない。彼らの言葉による親切は表向きだけである。本心は「クソーめんどくさいジジイがきた」程度のことであります。

年を取ると、やたら理屈っぽくなります。知ったかぶりをしたがります。そして他人が何も思ってもいないことに恥ずかしいとか不安や心配をして卑屈になりますが、往々にして思っているのは自分だけであり、70年かけて作り上げてきた、つまらないプライドが邪魔しているだけであります。

よしんば大失敗やうまく行かなかったところで、あなたがどこの誰だか知っている人はほとんどいないし「まあ年寄りだからあの程度だ」と言われて済むのが普通であるから、居直ってしまえば「どうってことない」ものでありますが、長年築き上げてきた自尊心が許せないだけであります。その代表的な出来事が、何もない道路で突然けつまずいて転んだ時、本当はものすごく痛くて血だらけなのに何食わぬ顔をして歩いていく人を見受けますね、まさに自分を許せない自尊心の現れであると思います。

まず何でもやってみる。相手も人間なので多少の上手下手はあるでしょうが、大方は真似事ぐらいは出来る。日常生活の中で真似すら出来ないものは人間がやることの中ではごく少ないといえます。言い訳せず自由気ままに過ごすことです。

そういっても真似も出来ないものもありますから、少し考えてみますと水泳は泳げない人は真似も出来ませんね、情けないですが浮き輪を付ければ泳げます。泳げなくても歩けます。スキーやスケートは出来ない人は真似することすらままならないスポーツですね、立っていることすら出来ないかもしれません。これ以外のスポーツですと、高齢者でも少し練習すれば出来るようになりますね。早い遅い上手下手は別にして真似事ぐらいは出来る。上を見ればきりがないし下を見れば裾野は広い。スポーツはみんなが楽しめるようになっています。

意を決して何かを始めるのがいいですが、子供が習い事を始めるのと高齢者が習い事を始めるのとは根本的に違うことがあります。

子供は目標を立てて習い出して、優勝しようなど自分の喜びとなる明確な目標を常に持って事に臨んでいる。しかし、年寄りは明確な目標を持たない方が良い、もちろん持ってもいいが出来ることなら「あの年でよくやるね。とても真似出来ないよ、後10年若ければね」などと言われる程度、真ん中より上位に位置するように努力するのが理想ですね。なぜならば目標を達成してしまうと長年に亘って付けてきた習性で、また次の目標を立てることになります。体力も気力も薄れていく中、新たな目標を次々と行わなくてはならないのは何のために始めたか本末転倒になりかねません。人生後ほど面白くしようと始めたのに、切れ目なく目標という麻薬に追いかけられることになりかねないのです。

「子供の頃からあれやりなさいこれやりなさい、今何級取れたの」などと上達を係数に追われて育てられた習慣が身に付いているから、本能的にうまくならなくては上達しなくてはと恐怖感にさいなまれながら生きていくことになってしまいます。これは日本人にインプットされた本能のようになっていますのでだめですね。確かにうまい方が楽しいには違いありませんが、人より少し上で全体の6割7割程度が居心地がいいところだと私は思います。

その道の先生にはならない。弟子であり続ける。嫌われない程度で尊敬されるポジションにいるのが高齢者の目標となるところであると思います。皆さんどうでしょうか。

孫のような子供が出来て人生の大ベテランが出来ないことはない。世の中に迷惑をかけない程度のルールは身に付いているのだから、犯罪以外は何をしても原則許される。

真面目な人ほど「ルールが大切」というが、ルールとは他人とうまくやっていく、他人に迷惑をかけないようにするのが目的で作られているものですから、他人に迷惑がかからなければルールなどどうでも良いことになる。日本人は世界にも稀なルールが大好きな民族である。他人がルールに反するとわざわざ「あなたそれだめでしょ」と忠告する人すらいる。役人が動けば罰金を取るし命令も出す。皆さんも経験ありますよね。狸しか通らないような田んぼの中の夜中の赤信号で2分も待たされる。なんでこんなところで止まっていなくてはならないの。耕運機か狸しか通らない農道で一旦停止の看板、これを無視して出たら、木の影から「違反ですね」とニコニコジジイお巡りが出現。「イノシシとぶつかるといけないからね」と嫌味を言ったら「違反は違反です」。猪や鹿、猿に迷惑がかかるといけないのも動物愛護の立法国です。東京都心も山中郡山中村でも平等の法律、言い訳しても許されることはない。万一警官が犯罪を勝手に許したり見逃したとなれば刑事訴訟法違反で自分自身が処罰されるのだから許すわけがないですね。自分の心に「こいつらどこかでチョットでもヘマしたら、とことんやっつけてやる」と心に誓い、言い訳しないで反則金の支払い明細書を受け取り、ぎすぎすした気まずい官僚国家を創っていくのがいいです。

法律上のルールはこの際別として、健康のために行うスポーツなどはゆるゆるのルールの方が良いのではないでしょうかね。記録が残るでもなく次の日の糧になるのでもないのですから、和気あいあいと相手の物忘れや間違いには寛容に、思い込みには気にかけずに対処するのが心の健康にも繋がり友情も育むことになると思います。

# 第2章　去る者は追わず来る者は拒まず

人生は常に出会いと別れの連続である。統計によれば今のご時世、恋焦がれて一緒になった人にも別れの時が来ることが多くなりました。何十年も寄り添ってきたつもりが、ある日突然「別れましょう」と切り出される方もいる。別れは所詮生まれ育った環境やその後の教育や文化の違いから、思い描いた事柄が終了するとやって来るものであり、人類にとって仕方がないものです。

親子兄弟のような切りがたい出会いもあれば、学校や職場のような制度上の出会いもあり、夫婦とて突然の出会いもあれば、ご紹介による出会いもある。最近ではネット上での出会いが多いのかもしれません。ネットは今や出会いの便利なツールになって若者にはなくてはならないものとなりました。しかし、いかんせん情報だけの繋がりであるので人間臭さというか感触というか、直接会ってしぐさや言葉遣い、気遣いや性格など人間の本質みたいなものは、経歴や仕事、趣味などといった文章や画像からだけでは知りえない感じえないものは読み取れません。

結婚の願望だけで一緒になったカップルが、いずれ別れることになることが多くなるのは仕方がないことであります。

「類は友を呼ぶ」という諺があります。同じ趣味や性格のものは、それと一致した友達が多く集まる、というような意味合いです。確かに趣味の会や飲み友、多くの女子会などはなにがしかの共通点で友となることが多いです。

絵や音楽、テニスやゴルフ、登山にスキー、子供の習い事はPTA活動など共通の活動を通じて集団を作りますが、時と共にこの集まりも目的が薄れていくにしたがってパラパラと去っていき、友達から知人に変わることになります。

しかし若い時の別れはお互いに生活しているのですから、またいつ再会するのかもしれません。特に日本のように農耕民族で土着性が高く言語、風習、習慣、文化、宗教などの価値感があまり変わらない単一民族は、いつかまた集まっても同じ土俵の上に乗ることが出来ます。中世の戦国時代でもヨーロッパでは宗教や民族の違いの対立で何十万人も殺し合いになった30年戦争が起きたが、日本では大将の首を取ったら「ハイおしまい」「昨日の敵は今日の友」として地域社会を形成してきた。そうしなければ農耕生活を維持していくことが出来ない社会であったのです。先の大戦では300万人以上もの日本人が殺された、というか死んだ怨念、恨みの悲惨極まる戦いであったにもかかわらず、天皇陛下の一言で抵抗も混乱も反乱もなく全てやめ、終了としてしまった。良いか悪いかは別としてこれが伝統的日本文化と言えるのかもしれません。

話を元に戻して、

人生も長くなると来る人はどんどん減って、去る人が必然的に多くなります。そんな中でも最後の集団として集まるのが、老人会、パターゴルフ同好会、神社やお寺の世話人会、カラオケや絵画などの文化的集いなどとなる。極め付けは病院の待合やリハビリ治療室で「最近、花子さん来なくなったけどどこか調子が悪くなったのかしら」と、話をしている姿は、おかしくとも現実の話で病院サロンと言われています。

地元に根付いた古くからの喫茶店はずいぶん少なくなりましたが、今でも地域の情報拠点であります。コーヒーチケットを入れる時は名前がわかり、誰と話をしているかによってどんなグループに所属しているか、同年が誰か、趣味は何であり、仕事は何をしていたか、そして年齢も住んでいるところもわかってしまう。店の経営から見れば来店するお客の中には嫌な人もいるが、とりあえず大切に取り扱わなくてはならない。近隣地域社会のことであるから微妙な人間関係を考慮して、座る席にも注意を払う。話の内容にも気を遣うことになります。特に野球や政治の話は要注意となります。

お客の話の主な内容は、思い出の昔話、病気や健康の話、趣味や食べ物旅行、報道で見聞きした事件や週刊誌のゴシップなどとなります。

「古い店古いお客に古いママ」いつも今この時点が最大の顧客数である。減ることはあっても増えることはまずない。もし増えることがあるなら、近隣の喫茶店が店を閉じた時にそこの常連が流れてくるぐらいである。そういうことから考えると競争相手の店が閉めるまでいかに長く存続するかが生存の決め手となります。

お昼のランチに珍しく若い人が来た。

「Aランチください」

ママが「お飲み物はホットにしますかアイスにしますか」と聞くと、お客が「コーヒーですか？飲んだことないから何かほかの飲み物ありますか」と尋ねる。

ママは内心びっくりした。「え、この人コーヒー飲んだことないの？？」頭の中は大混乱であるが、冷静を装って「コーヒーでなければジュースかミルクならありますが」

「ではミルクください」

ママはもう理解出来ない。「魚のフライランチに、牛乳飲むの？？」学校給食みたいと思う。

若者は魚フライとサラダにマヨネーズをたっぷりかけて大盛りのご飯を平らげた。みそ汁は手付かずである。そして、最後に牛乳を飲んだ。

若者が店を出たのを見てママはつぶやいた。

「今の若者はコーヒー飲んだことないの？　フライにはソースだよね。信じられない。

日本人なの……」

　ところがこれが現実なのですね。

　真紀夫が散歩の途中でいつもの喫茶店に向かって歩いてきた。派手な傘をさしている。喫茶店のママが店先の花に水をまいている。

　真紀夫の姿を見て「素敵な傘ですね」

「そうだろ、これ以前軽井沢の観光に行った時にお洒落だから買ってきたのだが車庫の中で10年も眠っていたんだ。捨てるにはもったいないから使うことにしたんだ、これならどこかに忘れてくることもないからね」

「そうね。それなら忘れてきても誰の傘かすぐにわかりますね」

「この傘骨が24本もあり普通の傘は8本しかないのだからとても丈夫だし、色も黄色と黒のツートンカラーで安全色だよ」

　と自慢する。

　ママは真紀夫の話をにこやかに聞きながら、「最近、年男さんお店に来ないけどどうしているか知りません?」と聞いた。

「そういえば1週間ほど見ていないな、どうしたんだろう」

「そうでしょ」

「あそこは孫が3人同居しているからコロナにでもかかって隔離されているのではないの、今学校で流行しているみたいだから」

ママはなぜか真紀夫の言葉をそのまま信じて、他の常連客にも「コロナみたいよ」と話題にしてしまった。年寄りの噂はすぐに広まるものです。

その昼下がり年男が1週間ぶりに現れた。

「ママ、久しぶり。北海道のお土産」と言ってホワイトチョコレートの箱を差し出した。

「え……北海道旅行に行っていたの、皆さん年男さんはコロナになって出てこないと心配していたのよ」

年男は、

「何てことだ、俺はぴんぴんだよ。どこでどうしてコロナになったんだよ。そんなこと言ったやつにはチョコ食わせないでくれ」

ママは素知らぬ顔をして「このチョコ美味しいですね」と口に運んだ。

どうしてもコーヒー飲みたいならコンビニでとなったように思われる。若い人たちは人間関係を持たないお洒落な近代喫茶店に集中することになって、昔ながらの食堂兼喫茶店は姿を消していくこととなってしまった。バブル時代の日本の喫茶文化を築いてきた高齢者にとっては残念で寂しいことですね。

ＳＮＳの拡散に比べればさしたる問題ではないし、地域の潤い程度のことであるが、いずれ今生き残っている喫茶店も常連客が減少し廃業に向かう運命にある。来る人拒まずとはいえ新たに来る人はほとんどいない。あの人が寝込んだ、ホームに入ったようだ、亡くなったようだと減っていくのである。

70歳を過ぎると死んで去るものが次々と出てくる。もちろん一緒に行きはしないし行こうとも思わない、後を追うつもりもない「向こうで待っていてくれ」と見送る。そして去る人が出るたびに思う。人生の勝ち負けは銭でもない出世でもない。「先に死んだやつが負け、長生きしたやつが勝ち」であるのが絶対原則であるとわかっているが奥ゆかしく誰も口には出さない。

元気なのに会わなくなる人、来なくなる人、連絡も取れない人なのに約束も平気で破る人、そんな人は追いかけても仕方ないし未練を持ってはいけません。こちらにはもはやそんな暇はない、残り少ない時間だから構ってはおられません。

逆に、来る人は出来るだけ拒まないようにし再び会えるように話をする。相手も暇だからあなたを待っている。

人生は所詮出会いと別れが繰り返しやって来ます。

若い時は来る人の方が多かった。学校だ職場だサークルだ、家族も増えた。今となっては去る人の方が多い、何もしなければ周りを見渡したら誰もいなくなっていた。あちらたに寄ってくる人を作らなければ寂しい長い時間が訪れることになるので、人に会う仕掛けを作る必要がある。来る人は拒まず受け入れるシステムを常に心がけておく必要があります。オレオレ詐欺には気を付けながらでありますし、金にかかわってくる者は相手にしないようにしなくてはなりません。特に儲け話は詐欺と思え。今さら利回りが良いとか儲かるとかはどうでもいいことだ、元気に長生きすることだけが大事なことなのだから。儲けることはご法度であるが、人はいくつになっても情けないことに儲かると聞くと心が動く。儲かるのはスーパーのポイントか喫茶店の割り増しチケット、他には当たらない宝くじぐらいにしておいた方がいいですね。

頭が回らないから都合良く入り込んでくる者にも要注意です。

新興宗教　最近テレビでよくやっていますね。信仰の神様はお金が好きなんですね。不安なあなたに静かに寄り添ってきますが、あなたのお金が無くなると黙って去っていきます。

押し売り　床下のシロアリ、屋根・雨どいの修理など自分では見えませんからね。もう長く使わない古い建物にあれこれ欠陥を見つけて不安をあおり、高額で修理を進める商売です。住んでいる人も古いのですから建物も古くていいのです。雨さえ漏らなければ多少床がへこんでいても大丈夫、大した問題ではありませんから気にかける必要はありません。

薬品食品　健康薬品、補助食品で足、腰、肩、血圧にボケ防止まで何でもありますね。努力しなくて健康は保てませんね。飲んで食って寝ていて健康になることはありません。もうすでに壊れかかっているのですから、自分でメンテナンスしなくてはお金で解決は出来ません。

## 美容化粧品

何十年も使ってきた下地ですから、その上にどんなに塗ってももうそんなに良くなることはありませんし、誰もしげしげと見つめてくれる人はいません。それに見る方も目が悪くなってきていますからよく見えていませんから、ほどほどがいいですね。

だまされる手口を整理してみると第1位は金欲に付け込むもの。儲かります、もらえます、戻りますの3M。2番目には不安をあおる。健康になります、家族です、神様ですの3K。権力権威組織を使う。銀行です、警察です、税務署です、保健所です、消防です、暴力団です。気を付けなくてはならないものは色々ありますね。

ようは自分の置かれている現状を理解して、今までとは違うところに幸福感を作り出さなくては付け込まれることになりますね。

最近使い方もよくわからないスマホを持つ羽目になっていますが、わけのわからないメールが次々ときますね。多くは金と女ですが、中にはあなたを狙うメールも含まれています。メールは触らない見ない開けない答えない、興味を持たずにゴミ箱に入れましょうが原則です。

ビジネスという世界で戦い続けてきた企業戦士をライオンとして見てみると、人気ものであったライオンが年を取ったので野に戻された時に彼らが思うことは「俺は誇り高きライオンだ、自らの力で働き、自らの意志で活動し、他人に迎合することなく信念に基づいて生きていけるライオンだ」世の中に出てから半世紀に亘って頑張ってきた記憶がよみがえる。しかし、世の中はそんなに甘くはない。待てど暮らせど誰からも声はかからない、連絡があるのは保険会社や投資会社、オレオレ詐欺の電話のみ、誰も訪ねてもこない。ではと職業安定所に出かけて「私の才能を活かす仕事はないでしょうか」と尋ねるも、「そこのカードに希望職種を記入して出してください」真剣に相談に乗ってくれる節はない。「世の中、俺をバカにしているんじゃないか」と思って腹が立つが、ぶつけるところはどこにもない。

日本人は根本的には農耕民族であるゆえに、集団で生きて行くことには遺伝的に長けているし日本の文化もそのように出来てきた。だから3人寄れば組織を作り、組織の中で暮らすのにもとても慣れている。会社を作れば終身雇用率は海外企業に比べれば格段に高く、その企業組織は世界に冠たるものがある。しかし、そんな日本人の血統の中にも孤高の精神が流れている。人類がはるか昔アフリカの地を離れ東方の果てまでたどり着いた冒険の血は我々にも受け継がれている。

仲間の作り方さえ思い付かない日々をウロウロするばかり、周りからは相手にされないどころかバカにされ面倒くさがられ、もはや身の置き所もない日が続く、たまに思い出して俺は誇り高きライオンだと吠えてみるが、誰も相手にしてくれない、それどころか吠えれば吠えるほど周りから仲間が去っていく。そしていつしか気付いてみたら、同じような孤高のライオンが集まり、しゃべることもなく行動することもなく、互いに気遣いながら過ごしている。

「今の俺の姿だ、いずれ俺はこのように成りそうだ」と不安に思う方もいれば、それはそれでいいじゃないのと思う方もいるかもしれませんが、何十年もある残りの人生を耐え忍ぶことが出来るでしょうか。「人生後ほど面白い」とするには、老いぼれたライオンとして手をこまねいているわけにはいかない。

長年の風雨に耐えたその顔は、堂々と不安など微塵もない。そんな風格たちだがその実獲物を獲る術もなく体力もない空しい風格だけである。風格だけではこれから何年も何十年も楽しく過ごすことは出来ない。「さあどうする老いたライオン」

なぜ老いたライオンは誰にも相手にされないのでしょうか、寄ってくる者はいないのでしょうか。黙って立っていては誰も寄っては来ません。人が興味を持って寄ってくるものがあなたは何も持ち合わせていないからですね。何か人が寄ってくるものありますか、よく考えてみても何もないですよね。道に倒れていれば親切な人が寄ってくるかもしれません。

「引いてもだめなら押してみよ」という諺がありますね。この場合は引くものがあるし押すものがあるから恵まれています。引くものもないし押すものもない時、こちらに来てくれる人をまず探さなければならないことから始まります。

人生の最終期を共に過ごすのですから、気を使ったり上下関係が出たり、金銭の繋がりは出来うる限り避けたいですね。利害得失の関係がない人が理想です。いつも対等に話が出来て付き合うことが出来、気を使う心配がない人がベストです。

「利害得失のない友を作ろう」

過去の職業や職歴、ましてや学歴などは聞かない、気にしない、苦にしない必要があります。

過去は見ないし尋ねない、今と未来が良ければ人生後ほど面白くなります。長い人生を送ってきたのですから、どの人の中にも過去のしがらみが一杯残っています。良いこともあるかもしれませんが、良いことは比較的忘れてしまい、悪かったことが記憶に残っているものです。過去を知るとどこかで嫌なことを思い出すかもしれません。知り合いになった方の過去の職業や職歴で、嫌いになったり話しにくくなったりするのでは実にもったいないことです。過去は過去、過去のことなど何も聞かない、言わない、探らないのが未来を楽しく生きるコツになります。

○家族のことは本人が自ら言わない限り聞かない

長い人生を送ってきたのですから、誰でも聞かれたくないことの1つや2つはあるものです。何もないかもしれませんが家族や親類縁者のことは聞かない、こちらも話さないのが余計な波風を立てないことになります。こちらが聞けば相手も聞いてきます。仲良くなったようにも見えますが、長い人の繋がりの中でどこに嫌に感じることが潜んでいるのかもしれません。残りの人生を送るのに他人の家族や親族のことは、どうでもいいことですので話題にならないように心がけたいものです。

○収入や財産については語らないのは当然、自慢は厳禁です。

人が自分から去っていく時、資産の有無による経済的なことで疎遠になることがよくありますね。長い人生をしてきたのですから経済的な格差や財産の格差はもはやどうしようもないほど開いていて、今後決して縮まることはないのが普通です。友達と付き合うのに財産や収入を基本にすれば、付き合いの範囲は極端に狭くなってしまいます。財産が多い少ないなどは、友達との関係で面白い人生を作ることとはさして関係ありません。付き合いは平等が一番長続きするものです。決して見せびらかしたり見栄を張ったり自慢したりしたのでは、人は去っていきますね。謙虚である者のところに幸せの神様はやって来るものです。

○過去の海外旅行のことは話題にしない

年を取れば長距離の旅行は敬遠するようになります。相当旅慣れた方でも時差が何時間も開く地域や、言語が違う異国では精神的にも疲れてしまいますから、なかなか出来なくなりますね。そんな年齢になった時、海外の楽しかったことや素敵だったことを聞かされてももはや聞いた方はどうにもなりません。気分が悪くなるだけですね。これからの未来を楽しく共に歩こうと思っている人も、いなくなってしまいます。旅行の自慢話をしたいなら、せいぜい国内の年を取っても誰でも手の届く範囲の話にしておいた方がいいでしょう。

○政治や宗教は根本的に避けなくてはなりません

世の中の話題の中で若い時でも年を取っても話題にしてはならない３大項目が、政治と宗教と野球といわれてきました。最近はさほど問題にはならなくなってはきていますが、この3つの話は熱が入ると逃げ場がなくなってしまいます。政治談議は右だ左だと言ってもさほど毎日の生活が大きく変わるものでもなく、生き死にかかわるような大きな問題は今の時代には直接身に迫っていることもない、せいぜい損だ得だの気分の問題だから、相手の話を我慢して聞いていれば過ぎていくのですが、ついつい自己主張を張り気分が悪くなってしまいます。野球の話題で以前は喧嘩沙汰になった時代もあったが、所詮野球選手の銭儲けの応援をしているに過ぎない。どちらが勝とうが応援しているものには何のご利益があるでもない。人の銭儲けに血眼になってむきになっている姿は興味のない人から見れば実に滑稽でバカバカしい限りですね。世の中が落ち着いてくると人の心も落ち着いてくるのでしょうか。最近は球場で大喧嘩というのがトンとなくなりました。宗教も話題にすると以前はややこしくなるから話題は避けるようにしていましたが、最近の若者には実家のご宗派すら知らない方が多くなり「うちは仏教です」とひとかためで見る向きが多くなりましたね。ましてやお経の種類が違うなんて全く気付かないですね。「お経は何言っているのだかわかりませんから何でもいいんです。あれは坊さんがあげてくれるものなんですよね」とぐらいにしか思ってもいないから、仏教の宗派は喧嘩の対象にもならない時代になりました。戦後に生まれた新興宗教でない限り、神様の存在は少なくなり、神様仏様で喧嘩になったり不愉快になることはごく少なくなりました。それでも真剣な話題にすることは危険であることには違いありません。ちょっとの勘違いで残り少なくなる友達が去っていくことにもなりかねませんので気を付けたいものです。

宗教の話は避けたい項目と言いましたが、元々宗教は自力本願と他力本願とに分かれていたように聞いています。人生も自力で生きるか、他力に頼るかによって大きく変わってきますね。仕事も自力で開発し職業とする自営業の方もいれば、大会社や公共組織に入り他力に頼って人生を過ごそうという方もいる。長い人生の途中で他力と自力が入れ替わる方もいる。高齢になってもこの自力と他力は自分の心の中に作用し続けていますね。自分で家庭菜園や旅行や趣味を切り開いていく方もいれば、友達に誘われながら、いつもどこかに所属しながら楽しみを探して過ごす方もいる。何十年も人生を送って生きたのですから、その生き方を急に変えることなど出来ません。自立型人間は常に新しいものを求め人を集めて過ごす方法を探り、他力的性格の人間は居場所のいいところを探しながらその場所が良くなるように工夫する。自立型も他力型も両方いるから世の中がうまく回っている車の両輪のようなものです。残りの人生が面白くなるにはこの両輪がうまく回っていなくてはなりません。

趣味も健康も自立型ですか、他力型ですか、どうでしょうか、組織から解放された高齢者はまずは自力で動き始めないと何も始まりませんね。自分が他力人間だと思う方は、最低どこかに所属するところを見つけなければ面白い人生は作れません。健康も生き甲斐も行政任せでは進みません。市の広報には趣味を広げることや健康増進になることなどのヒントはたくさん出ていますが、行動を始めるのはあなたの自立力だけです。

人生後ほど面白く、味を出し尽くすまで楽しむためにも最初の1歩だけは自力で頑張りましょう。

# 第3章　失ったものは嘆いても仕方がない

人生が長くなると当然持っているものも多くなる、多過ぎて面倒にもなるし、中には捨て切れずにゴミ屋敷のごとくになっている人も多い。

百均で買ったものさえ後生大事に溜め込んで、何かを捨てなければ新たなものを買うことも出来ないなんてことも起きている。20年も前に気に入った服、今更サイズも合わないし色合いも年齢にも合わない、かといって捨てがたい思い出の品物だ。

しかし、こんな悩みは生きていく上には大した問題ではない。所詮物だからなくなっても困ることはないし、どうにも欲しければ似た物でも買ってくれれば用は足りる。ただ銭の問題だけです。

お金では何ともならないものがなくなった時が問題なのです。買うことも出来ず嘆いても返らずにただしょぼくれることになる。

一番は家族や連れ添いを亡くした時だ、親がなくなればそれはそれなりに悲しいが順番だ。順序が違えば大問題だが順番だから何となく安心もする。それが連れ添いだとそうはいかないようである。と言うのは私にはまだ経験がないから「ようである」としか言いようがない。

天心寺の住職徳久が、ご主人を亡くされた多くの奥様にお話をお聞きしました。

「寂しいですよ、毎日朝から晩まで何もやる気が起こらなくて、気が付けば仏壇の前に座っていました。ご飯だって自分の分だけですから作る気もしないし、食べる気も起こらないのです」と月参りのたびに聞かされる。

「主人が生きている時はご飯の支度はとても面倒だったのですが、今となればとても懐かしい」と、ご飯のことをなぜかみんなが話される。

そうですね。半世紀以上も毎日毎日ご飯を作り洗濯してお掃除してきたのですから。今日からご飯を提供する人がいなくなったのですから、脳が理解出来ないのですよね。

「主人の定年後は、起きてきても新聞を取りに行くぐらいのことで、さしてやることがないのですが、ご飯だけは絶対だったのです。ですからこのご飯の支度がないと次どうしていいのか、頭が働かないのです」

「それで、それが治るのにどれくらいの歳月がかかったのですか」と徳久が聞くと多くの未亡人さんが「はい、何だかんだで3回忌を終えた頃やっと吹っ切れました」と答える。

「足掛け3年ですか、長かったですね」と徳久が慰める。

「息子や未亡人の先輩が『そんなにしょげて仏壇の前に座っていると、仏壇の中の旦那さんが心配するから、ちょっと仏壇から離れて外に出かけなさい』と言ってくれるのですが、半世紀もやってきた習慣とは恐ろしいものですね」

「私が仏壇の前に座っていたからといって主人が戻ってくるわけでもないし、出ても来ませんでした。なんて薄情な主人だと思いましたが、何となくそんなことわかっていたのにね」と当時を忍ぶ。

そうなんです。確かに結婚して半世紀以上も一緒にやってきたのですから、大事な人かもしれませんが、もう好きとか嫌いとかいう感情的なものはなかったのでしょう、お互い安心素材みたいなものだったのでしょうね。その安心する対象物がなくなったのですから、それは大変だったと思います。しかし、どんなに寂しくても後を追う気にはならなかったみたいですね。

何といっても死ぬのは怖いですからね。それに大切な子供とか孫とか、最近はペットの犬や猫もいますからね。ご主人は大切だったかもしれないが感情的な部分ではペットに負けているかも、孫には絶対に勝てません。後を追う人は誰もいないのは当然です。

「主人も同じで、私が足や腰が痛いと言っても『うー』とも『すー』とも言わなかったですから。犬や孫のことはあれこれ心配するのです。ひどいものでした」

3回忌の喪が明けると、これが切り替えのタイミングですね。人間は都合が良かろうが悪かろうが年を取るとなおさらどんどん忘れていくものです。

ご主人が亡くなったら、ご飯の呪縛から早く脳みそを解き放すために、仏壇など閉じてしまい見て見ぬふりをして通り過ぎ、家から外に出るのが一番です。ご主人との思い出を振り返るより、嫌だったことを出来るだけ思い出すもの良い手かもしれません。

ご主人のご飯を作るという呪縛から解き放されていくと同時に、自分の生活リズムが形成されていくものですね。しかも、もはやうるさいものもいない、気を使う人もいない、子供は元来家来みたいなものですから、溜まっていた抑圧が解放感に変わり一気に羽ばたく方が多いのです。

失ったものは嘆かない、嘆いても戻らないなら最初から嘆かない方がいい。

色々あり長かった最も思い出深い時期の人生ですから、名残惜しいことはわかりますが過去は変えることは出来ません。連れ添いも子供ですら変えることは出来なかったでしょうね。我慢して変わったのは自分の方だったのではないでしょうか。これからまだまだ長く続く最後の人生を面白くするには、あなた自身が変わり自分の未来を変えていかなければなりません。過去よりもっと面白く、味の出るものにするためには「過去と他人は変えられないが、未来と自分は変えられる」とするしかありません。

国や行政から何をしてもらうかを考えて生活し、置かれている境遇を嘆き、行政や政治の不作為にケチを付けて愚痴を言っていても、面白いことは何も起きません。それより自分が社会に何をしたら世の中のためになるか、家族のためになるかを考えて生活した方が楽しい日々を送れます。世の中が良くなるほどの大それたことを考えなくても、家庭や所属団体、ごく身近な地区に貢献出来れば嬉しさが湧いてくるものですね。

話は少し変わりますが人生の内で60歳台が貯まりものの頂点となることが多いですね。失うものがあるということは、どこかの時点で物持ちになる時点があるということですが、一般的に言って、子育ても終わり、住宅ローンも終了し、退職金も入ってくることなどから金銭的なピークも迎えます。

知人友人も家族も一番多いのがこの時期となる方が多いです。身体気力においても現役最後の頂点を極める。体内脂肪や体重は少し心配ではありますが、これも身の内と思えば頂点に達したことになります。

そしてこれらの蓄積が70歳を境に一気に減少を始めるのが一般的ですね。それは人生の送り方、生活の仕方が180度変わるのですから、今までのものが減少していくのは仕方がないことであり、嘆いてもどうしようもないことであります。

そこで世に言う終活プログラムを考えることになります。

まずは資金対策。最低飯は食わなくてはならないので、何といってもまずは「お金」65歳から死ぬまでにどれぐらいのお金があれば大丈夫なのだろうかと心配になりますが、死ぬ時期がわからないのが一番厄介ですね。5年長生きするか短いかでは1千万円以上違ってきますし女房の分まで考慮すれば2000万円以上差が出てしまいますからね。

例えば、旦那が90歳、奥方が100歳まで生きたとして、毎月の生活費は平均的に30万円、夫婦2人で食べていくだけなら何とかなるとしましょう。

22万円が年金から支給されると毎月の不足8万円を貯金の食いつぶしとなるとしますと、8万円×12か月×20年では1920万円（約2000万円）ないと夫婦2人で90歳まで生活出来ないことになりますね。

このように70歳になった時、最低2000万円の貯金がないと90歳まで生きていけないことになります。最後は自宅を売り払ってお金に換えることも出来ますが、今住んでいる家は確実に売ることが出来るでしょうか、これからの日本は空き家がどんどん増える一方です。今の価格で売れる保証はどこにもありません。

家の修理、お勝手やお風呂の修理、自動車の買い替え、テレビが壊れるかも、たまには温泉にも行きたい。

少し余裕を見ると毎月6万円×12か月×20年で1440万円（約1500万円）合計3500万円の貯金がないと病気にもなれませんね。

こんな計算をすると「どえりゃー不安」になってきます。

賢治と信二がいつものモーニング喫茶でコーヒーを飲んでいた。

「信くん。お前のところ今貯金いくらぐらいある？」と賢治が唐突に話し出した。

「え、どうして」とちょっと驚く信二。賢治がお金のことを言うことは今までに1度もなかった。

賢治が「俺、昨日銀行に小遣い下ろしに行ったら、金融ファイナンシャルという女性がいて、老後の過ごし方という相談会やっていたので、ちょっと聞いてみたんだ」といきさつを話し出した。

「そうだよな、これから毎月年金しか入ってこないのだから質素に暮らさなければいけないよな」と日々感じていた信二が大きくうなずいた。

「質素じゃ足らんようだよ」と賢治が身体を乗り出す。

「え、年金だけじゃ足らないの？　質素にやっていけば何とかなるんじゃないの？」

「だめだめ、お前奥さんから毎月どれだけ生活費がかかっているか聞いたことないの」と賢治が語気を強めて女性から聞いた受け売りの質問をする。

信二は平静を装い「ないな家のことは奥さんに任しているから俺は全然知らないよ。やり繰りうまいから俺なんか口を出したら怒られるよ」。

賢治は「お前ものんきだな、お前が90歳まで生きていると夫婦で3000万円はないと自動車に乗ることも出来なくなるぞ」と、自慢げに話を続ける。

具体的な数字を言われて信二は「えっ、3000万円だって？　バカ言ちゃいけないよ。そんなのあるわけないでしょう」。

賢治はさらに続ける。「じゃお前は酒もやめ自動車もやめ、テレビの電気もクーラーかけるのもケチって生活することになるな」と不安をあおる。

それを聞いた信二は「奥さんに聞いてみるよ。市役所のシルバー人材の仕事ないか聞いてこようかな」

賢治は「長生きはしたいと思うが死にたくなるかもしれないな」と年寄り風の感想を漏らす。

「どうせ俺はそんなに長く生きないから大丈夫だ。オヤジもおふくろも80半ばで亡くなったからな」と自分の親を持ち出し半分居直る。

「これからは医学が発展して死にたくても死なせてくれないかもしれないよ」とさらに不安を駆り立てるが、信二は「健康診断にはこれからは行かないことにしようかな」とさらに平静を装う。

賢治が「バカか、先に死んだ方が負けやぞ、後に残ったやつが勝ちだとお前言っていただろ」と勝ち負けを言い出した。

「これからは先に死んだやつが勝ちで長く生き残ったやつが負けやな」と反論。

賢治が「ピンコロの薬どこかに売っていないかな」と冗談めいて言うと、信二が「俺この前山に登ったらトリカブトが生えていたからあれ取ってくれば良かったな」

賢治が「それ国立公園だろ、だめだろ」と真面目に受ける。

「下北半島には自生しているとこの前床屋の親父が言ってたの聞いたけどな」と信二が言うと、賢治が「フグの肝か、そうだキノコのカエンダケなら公園で簡単に手に入りそうだな」

「苦しむのは嫌だぞ、お前先にやってみて教えてくれよ」

もはや掛け合い漫才のようになってしまった。

賢治が「バカだな、死んでしまったら教えれんだろ」と大笑いすると、信二は内心今年の夏の旅行は下北半島にしようかと思うのである。

「人生後ほど面白い」の局面にするには貯金は最低3000万円以上出来れば5000万円は欲しいものですね。今更急にそんなこと言われてもどうしようもないですがね。

知人友人対策、見渡せば女房だけでは情けない。

よくあることですね。会社を退職して家にいることになったら、子供は既に独立して家にいるのは奥さんと2人、そして猫1匹。近所の人も見たことはあるが口をきいたことは1度もない。顔を合わせれば軽く会釈をするだけ、新聞を隅々まで読み、テレビのニュースを繰り返し見て、スマホをいじっている内にウトウトと朝寝に昼寝、何をするでもない、何もすることもない、一見幸せな日々が過ぎていく。それでも地元で生まれ育った人はまだ救われる。何といっても同年の「竹馬の友」がいるからだ。小中学校の友達は実にありがたいものである。それに比べて仕事の都合で人生の半ばに移り住んだ人は一般的に悲惨である。仕事人間で知り合いや友達と思われる人は職場にいて地元にはほとんどいないからである。旦那に比べ奥様は近所付き合いも築かれ、子供の学校や塾の繋がりから市内に多くの友達や知り合いを構築している。

会社という集団生活の場を追い出された後の最後の人生は20年以上もある。「人生後ほど面白い」にするにはまずこの無人島に住んでいるのと同様の状況「無人の壁」を乗り越えるか破壊しなくてはならない。それには目的のあるところに出かけることが一番です。「犬も歩けば棒に当たる」と言いますが、それもありですね。ペットの犬を飼い毎日散歩すれば近所の人とお会いすることも多いですね。それに同じように犬の散歩をしている人とは犬を介して知り合いにもなれますね。喧嘩しないおとなしい犬が条件になりますから、むやみに吠えない犬を飼う必要があります。しかし、これは確率的には良くありませんから、犬に頼らずに自ら出向くほうがいいですね。

どんなところかですが、シルバー人材センターや市民農園なんかどうでしょうか、高齢者が簡単な仕事や特技を生かした仕事を紹介してくれるシルバー人材に入れば、同年代の人たちが共同で作業をするので多くの知り合いが出来ますね。作業には技術を伴うようなものもあり、新たな挑戦をするチャンスにもなります。

市民農園の制度もありますね、農家の方が高齢になったり家庭の事情で畑作をすることが出来なくなり、市民の方に小さな区画に分けて畑を貸し出して野菜の収穫を楽しんでもらおうという制度ですが、趣味として農業もどきを体験したい方にとってはとても良い制度です。土地を購入してではとても出来ない、農業もどきと言っても野菜など作ったことがない、いつ何を植えてどうやって育てればいいのか、虫でも湧いたらどうしようと心配もありますが、同じ趣味を持った人たちが集まってきているのですから当然話もしやすいですね。野菜作りを通じて友達も作れるし一石二鳥ということになります。

習い事に出かけるのもいいですね。

「男の料理教室」なんて看板を見たことありますよね。昭和生まれの男は料理は女房まかせ、「男子厨房に入るべからず」と教えられ、やってみたいが近寄りがたい、散らかして怒られそうだし、女房の大事にしている道具を勝手に使うなんて、それに調味料の名前も使い方もわからない。俺だって調理人の真似事ぐらいは出来るに違いない、大学生の時の一人暮らしでも1人で飯を作ったことがある。50年も前のことだが、それに料理の味はわかっているし、テレビの料理番組もよく見ている。あんなものぐらい何とかなりそうだと料理教室の門をくぐる。

「すいません料理を覚えたいのですが、教室は1か月何日やるのでしょうか、男性だけのクラスがいいのですが」真紀夫がカルチャーセンターの窓口を訪ねた。

「教室は1か月1回の開催で6か月サイクルです。高齢男性の趣味で料理を覚えるクラスでいいでしょうか、プロを目指すクラスもありますが」

「趣味です。酒のつまみが出来ればいい程度でお願いします」

「では男子初心者クラスですので、月謝は半年3万円消費税込みです」

と受付の女性から事務的な案内を受ける。

「どんな料理を教えてもらえるのでしょうか」と尋ねる。

「はい、和食・中華・洋食など基本的な内容になっています。最初は包丁の持ち方や調理器具の扱い方、食品衛生など基本的なこともお教えいたします」と今度はにこやかに答えてくれた。

「では来月からお願いします」と申し込み手続きをして半年分の月謝を納め、お勧めのマイ包丁などを購入して、子供の頃新入生で学校の門をくぐったような気持ちになった。気持ちはもう調理人である。その帰り道に本屋に立ち寄り、人生で初めて料理本コーナーの前に立った。

「へぇ色々な本があるんだな～」

真紀夫が料理教室に通うことを聞いた賢治は「俺も何か趣味を始めるか。そうだな、ガキの頃は俺は意外と絵がうまかったよな。学年で金賞をもらったこともあるし、よし、俺は絵の勉強を始めよう。料理は今更勉強しても女房にバカにされそうだからな」と思い、絵画教室に行くことにした。

賢治は長く続かないかもしれない、うまく描けるようにならないかもしれないとの不安もあり、真紀夫には内密で絵の教室に行くことにした。しかも電車で20分も乗った隣町のカルチャーセンターに出かけることにした。

「すいません絵を習いたいのですが」とちょっと不安を持って覗くと受付の年配の女性が「いらっしゃいませ、絵は初めてですか」と明るい声が返ってきた。賢治は安心して、

「はい、中学以来描いたことはありません」

「そうですか。大丈夫ですよ、皆さん初めての方が多いですから、すぐに慣れますよ」

そう言われた賢治は気持ちがぐっと楽になり「毎月何回あるのですか」と尋ねる。

女性がパンフレットも見せながら「水彩画、色鉛筆、油絵、水墨画など色々な種類

の先生がいますが何を選ばれますか」と聞かれ、賢治は「う……そうかそんなこと考えてもいなかった。何にしようかな」と迷っていると、受付の女性はいつものパターンと悟り、「お困りでしたら、子供の頃していた水彩画なんかはどうでしょうか、スケッチブックに簡単に描けますし、比較的受講者も多いですからお友達も出来やすいですよ」と勧める。

賢治は「ではそれにします。道具はどうすればいいでしょうか」と尋ねると、「今、ちょうど先生が来ていらっしゃいますから、どんな道具をどこで売っているかお聞きになってみますか」と先生への紹介をしてくれることになった。いよいよ賢治の絵画への道が開けた日となった。

賢治は真面目に休むことなく教室に通った。他に特にやることもないので自宅でも自習するほど熱心に絵を描いていた。

全くの初心者が絵を始めて3年ほどした時、真紀夫が、

「お前この前電車に乗るのを見かけたがどこかに行ったの、何か大きな袋持っていたよな」

いつもは自動車で移動する賢治が電車に乗るとはと、不思議に思い声をかけた。

賢治は遂にばれたかと思い、

「あぁ名古屋に絵の勉強に通っているんだ。駅前だから駐車料金が高いのでたまには電車で行くんだ。それに都会の道は危なくてとても気を使うし安心して乗れないからな」

真紀夫は「へぇ、絵の勉強ね。どんなもの描いているの」と興味を抱く。

「大体が静物画が多いな。花とか野菜とかだな」と答える賢治。

元々絵のことは全く知らない真紀夫が「美人画はないの」と冷やかすと、賢治は「そんなのはない」と語気を強めて、「モデル料がかかるようなものはない」とちょっと不純そうな質問に答える。

「元々3年ほど前に、お前が男の料理教室に通うと聞いたから、俺も何かしようと思って絵画教室に行くことにしたんだ。お前料理うまくなったか、まだ続いているの」

真紀夫は「そう言えばそんなことあったな、料理教室は半年ほどやってやめたね」

賢治はたぶんそんなことだろうと思ったが、

「やめてしまったの、どうして続けていればいいのに」

「台所は所詮奥様の場所だよ。男はよそ者、使っていても肩身が狭いし、買ってきた材料だって、肩身狭く冷蔵庫の中に入れなくてはならない。そんなことですぐにやめてしまったよ」

とため息をつきながらそれなりの言い訳をする真紀夫。

賢治が、

「この前大きな荷物を持っていたのは、今度市の美術館で教室の仲間と作品の発表会をするから、作品を画材屋に持ち込んで額を買うために運んでいたんだ」

「美術館で発表会なの、すごいな」

真紀夫は小学校の遠足で美術館に行った時ほど昔のことである。

「いや僕のなんか10号程度の小さいのだよ、皆さん20号とか中には100号なんて大きなのを出す人もいるんだけど、僕はまだまだ駆け出しだから、皆さんと出展なんてとても恥ずかしいけど、皆さんに励まされて参加するんだ」と仲間の中では3年はまだ新米であることを強調する。

真紀夫が「俺見に行こうかな？　いいか？」と聞く。

「そりゃいいけど……発表会の案内はがきが出来たら渡すよ」

真紀夫が「花か何か差し入れでも持っていくものかな」と心配する。

「合同展だから何もいらないよ、手ぶらで来てくれ。来てくれるだけでありがたいよ」

賢治は「恥ずかしいな」と言いながらもすこし誇らしい気持ちであった。


竹馬の友が集まるのは簡単である。

信二が、お彼岸が近づきお墓の掃除に来たついでに、住職の徳久のところに顔を出した。

「徳久おるか」

「なんだ信くんどうした」

「お彼岸だからお墓の掃除に来たんだ」

「そうか、自分が入る墓だから丁寧にな」

すかさず信二は、

「バカ言え、まだだいぶ先のことだ。お前には世話になりたくない。お前を送ってから俺の方が後や」

と言い返す。徳久が笑いながら、

「まぁ上がってお茶でも飲んでいけや」

信二は静かなお寺の雰囲気が何となく気に入っていた。

徳久が幼なじみということもあって、

「信くん、お前何か運動しているか、俺は最近お寺の行事するにも正座が苦しくなってきた。足腰が弱ってきたんだと思うんだけど、坊主が正座出来なくなると困るんだな。檀家の家にはまだ座敷の仏間が残っているところが多いからな、お経をあげるのに腰掛じゃ様にならないからな」

「仕事だから正座出来ないなら坊主廃業だぜ。最近正座なんかしたことないな、腰掛だよ。飲み会の料理屋でも座敷机で腰掛になったからな」

「そうだろ、何とか運動して足腰鍛えないと坊主も出来なくなってしまいそうだ」と徳久も膝をさする。

「俺は毎朝、町内の公園でラジオ体操しているからそれに出かけているんだ。それとゴルフの練習もたまには出かけている。月に1回ぐらいは昔の仲間とゴルフ場に出かけるかな」と足腰の運動を話すと、

「そうか俺は境内の掃除ぐらいしかしてないな」

「境内は広いから相当運動になるんじゃないの」

「それはそうだけど掃除は運動とは違うからな、きちんと運動しなくてはだめだと思うんだ」と言い訳じみた生返事をする。

信二が「それならいっそのこと毎朝ラジオ体操を境内でやったらいいんじゃないの、皆も墓の掃除のついでに運動出来るしな、お前がやるなら俺が声かけてみるよ」と提案する。

徳久は「始めたら毎日休むことなくやらなくてはならないことになる。チョット面倒だ」と思いながらも「そうだな面白そうだな、ラジオだけ用意すればいいからな」と返事をしてしまった。

信二は、

「昔この境内で遊んでお前の親父に怒られた連中を集めて始めるか。終わったら坂の上にある喫茶店でモーニングなんていいよな」

「よし、思い付いたが吉日だ。来月から始めることにしよう。檀家に案内出して区長に頼んで回覧板でも案内してもらうことにするよ」

となってしまったが、徳久は後でお庫裏から「そんなに簡単に決めてしまって良かったのですか？　私は朝忙しいからお手伝い出来ませんよ」とくぎを刺されることとなった。

ラジオ体操でも散歩でも、またテニスにゴルフ、ボウリングに卓球、水泳にランニング、ハイキングに登山、何でも運動すれば血流も良くなり免疫力も上がる。いいことずくめですね、こんないいことずくめなことをなぜやらないんでしょうか？　不思議ですね。やっている人から見ると何もやらない人を理解出来ません。色々言い訳して理屈を付けて不健康になることを選んで、調子が悪くなるとこれまた愚痴を言いながら言い訳する。

「愚痴なんか言ってるんじゃないよ。ボーっとしてないで動いたらどうだ」

「昨年はあの人が、今年はあの人も死んでいった。悔しい。なんで死んでいくんだよ。皆もっと頑張れよ」

もちろん運動したからといって長生き出来るわけでもボケないわけでもないが、何かしていなくては心配なのだ、やるだけやってそれでもうまく行かなければ仕方がない。仕方がないと思えるまでやってみよう。


どんどん友達が失われていく。

当然ですね。友達も大体同じ年齢ですから、もう減る一方ですね。

死んで別れる人、経済的に共存出来なくなる人、自動車の運転が出来なくなり家に閉じこもる人、趣味や性格が一致しなくて去っていく人、色々な形態で友達がどんどんいなくなっていきます。努力のしようもなく自分の周りから知人友人が去っていく、これが終活というもんなんですね。

子供の時はどうでした？　友達がどんどん増えていきましたね。特に頑張らなくても身の回りには常に同年代の友達がいましたね。なぜでしょうか、どうして友達は出来たのでしょうかね。そこがわかればこれからの自分にもどんどん友達を増やすことが出来ますね。後ほど考えてみましょう。

貯金が少なくなってきた。年金生活だから使わないように質素に生活を送る必要がある。趣味なんかに金をかける余裕がない。確かに、努力して入る収入がなくなったのだから不安は尽きないが、まずは自分の置かれている状況から、今後どれほどの資金が必要になるかを計算してみる必要がある。

もちろん終点が決まっていないのであるから、今後どれだけ資金が必要になるかは不明になる。85歳まで生きるのか１００歳まで生きるのかわからなければ、必要資金がどれだけになるか決まらない。また途中で大病や老人ホームに入るようなことになれば全く予定が立たなくなる。

とは言うものの計算してみなくては不安だけで前に進まないですね。

大病もなくボケることもなくピンコロで、夫85歳妻90歳で終わりになる理想的な終わり方の場合を標準額として計算するのがいいですね。

運悪く夫が大病を患い、医療費が500万円、妻が残念ながらボケてしまい介護手当で1000万円積み増し、夫婦とも長生きして95歳まで生き延びたとして、最大に費用を見積もってみると、気持ちが動転してしまうことになります。

年金や保険の満期、貯金や有価証券などの金融資産の総額と自宅などの不動産の売却収入も計算に入れてみても、何ともならずどこまで質素倹約しなくてはならないか見えてくる。中には余裕しゃくしゃくの方もいれば、生きていたくなくなる方もいるでしょうが、現状を知らなくては何も決まらないですね。まずは健康寿命を最大限延ばすことです。

健康でなくなったとぼやく人も多いが、ぼやいていても健康にはならない。健康になれば良いだけである。テレビや雑誌から健康食品や健康器具など努力をしないで健康になるかのようなものが毎日のように目に入ってくるが、そんなもので健康になるわけがない。それは健康を売り物にしている業者が元気になるだけで、買った人はさして健康にはなりません。健康は自分が努力して勝ち取るものです。「お茶を飲んで肥満がなくなる」そんなことが出来るわけがない。そんなお茶があるなら世界中からデブはいなくなることはわかっているが、怠け者のあなたは信じてしまう。「コラーゲン飲んで足腰ピンピン」そんなことで治るなら医者もいらないことになる。わかっているが信じてしまう。「溺れる者は藁をも掴む」と昔からいわれます。「信じる者こそ救われる」ことはありません。健康は自ら身体を動かし努力したものにだけにしか与えられないものです。努力しても報われないことも多いのに、努力もしなくて救われることはない。

心の病や生まれながらの気弱な性格から宗教に頼り「信じれば救われますよ」と言われ「救われた」方は多いと思いますが、救われ続けることはありません。信じても信じても救われなくなり「救われません」と言うと「まだ信心が足りませんから」と言われて、お金で信心を買おうと全財産を注ぎ込む立派な方も多いようですが、心の悩みもお金では解決出来ません、自ら努力して強くならなければ救われることはありません。

私ごとですが、私はガンで胃袋を全摘してしまいました。胃袋がなくなったからといって健康がなくなることはありません。まともに飯が食えなくなっただけです。持久力は若い時に比べてどんどん向上しています。身体のどこか一部が悪くなっても、心が負けてしまってはいけません。人間は鍛えれば強くなる。そんな柔《やわ》な動物ではありません。

仕事がなくなったと嘆く人、喜ぶ人も色々いますが、やることがなくなると寝ることしかなくなる。寝ていれば何も考えなくて済むし、疲れることもない。寝疲れもありますが、今日は300歩しか歩かなかったと、自慢ともあきらめともつかない情けない人がずいぶん多くいる。今日は歯医者に行ったから2000歩も歩いたと、満足げな顔をしている愚かな年寄りが何て多いことか。もう脳みそが腐っているとしか思えない。

人生の半分以上にもなる50年以上も働いてきたのだから、残りの人生はやりたいことをしながら悠々自適に過ごしたいものですが、そうもいかない方もいる。なぜだかわからないがそれぞれ事情があるようだ。高齢者になっても銭を稼がなくてはならない仕事に就かなければならない人、いやいや銭はいらないが仕事をしていなくては身体がなまるし安心出来る身の置き場が欲しい人、何か人の役に立つこともしたい。いわゆるボランタリーでもいいから働いていたい人などですが、不健康になるようなストレスを感じながら働くのは良くないですね。どうせやるなら気持ち良く人のお役に立ち、やった満足感や達成感又は成長感が残る労働がいいですね。

このような状況を生み出すには、待っていてもなかなかやって来ません。子供の頃から地元で育ったような方には、地域の繋がりで色々なボランタリーとしての役職が回ってきますが、大人になってから転入してこられた方には自分から動き始めないと世間からの勧誘はほとんどありません。自らその地域や組織に働きかけなければ居場所を見つけることは難しいことが多いですね。

市の社会福祉団体や文芸体育団体も神社仏閣祭りなどの地元の組織も、仲間を探していますが、なかなかジョイント出来ないでいます。あなたが自ら動き出せば、あなたを生かしてくれる活動の場所はいくらでもあるものです。

健康のために生きがいのためにちょっとだけ勇気を出して動いてみましょう。新たな人生を送る活力剤が巷にはいくらでもあるものです。「犬も歩けば棒に当たる」と言いますが、犬もいないし歩きもしない人は棒に当たることはありません。室内犬のような出不精なあなたは犬以下の状況ですので、まずは室外犬になるように変えた方がいいですね。

犬以下だと思いませんか？　犬以下だと言ったら怒られるかもしれませんが「俺は家にいるのが好きなんだ、人に会うのは嫌いなんだ」と虚勢を張り、「毎日何も起こらない日々が続き満足に過ごしている。日々本を読みテレビを見て新聞は隅々まで目を通し、たまには縁あった人にメールを打って過ごして静かに死に終えるのが望みだ」と言う。

確かに理想のような老後ですがそんなにうまくは行きません。いずれ足腰が立たないようになり、体内脂肪が溜まって肥満となる。ますます動けなくなり体重は増える一方で、負の無限連鎖が始まる。１日中話す相手もいない。訪ねてくる人は宅配業者と新聞配達人、稀に保険と宗教の勧誘の人が来るぐらいで家族にすら見捨てられた見すたれ人となる。それでも留守番ぐらいは出来るが犬よりコストはかかるし、犬ほど家族に愛されていない。犬は文句は言わないが、あなたは色々口をきくからメンドクサイと思われる。やるべきことや、やれることがなくなったことをめげるより、新たな行動パターンを作り出しましょう。粗大ゴミだの、犬以下だのと言われないために。

思い出の品がなくなった。これもよくあることですね。「三つ子の魂百まで」と言うように、子供の頃身に付いた性格は死ぬまで基本的には変わらないものといわれますね。その性格の違う夫婦がたとえ50年も共に暮らしているといっても同じになることはありません。むしろ不協和音が増幅して不一致が目に見えてくるが、もはや共鳴させるだけの技量というか包容力がなくなっており、雑音のごとく広がってしまうこともあります。

夫婦でも共通の思い出の品はそんなに多いものではないですね。ですからどちらかが不要と思えば処分してしまいます。当然相手方は「あれどこやった、なんで捨てたのだ」と怒り出す。が、よく考えてみてください。どんなに思い出のあるものでも、今後使うことはほとんどない、たぶん見ることもない。ただ思い出としてあるだけなんですね。例えば子供や孫の写真は思い出の最たるものですが、孫はどんどん大きくなり小さな時の可愛らしい写真を見開いてみることなど一生の内に一度あるかな程度ですね。棺桶の中に入れるために溜めてあるなら別ですが。

過去にとらわれている内は未来に進むことは出来ません。過去は毎日出来ていきます。これから面白い人生を思いっ切り作り出そうという方には、過去の思い出も昔買った物も全て打ち捨てて歩み出すのがいいです。「過去のしがらみ」は、いかに解除するかが新しい人生を有意義に作り上げていく原点なのです。

それでもどうにも捨てられないものがあります。物は捨てることが出来ますが、脳に刻まれている記憶は捨てることが出来ません。年を取ると新しいことは覚えていないのに、大昔の若き時のことは記憶に残っていて、そしてトラウマのごとくよみがえってくる。

危険な思い出、失敗や恥ずかしかった思い出は自己防衛として死ぬまで消えることなく鮮明に脳に残されている。そして、何でもない時に夢のごとく思い出す。思い出す理由も必要もないのに脳みそから出てくる。そして一度出てくると何度も何度も現れ、消すことも否定することも出来ない。まさにトラウマになってしまうのだ。この現象だけはどうしようもない避けがたい老化現象である。仕方がないのでこのような生理現象はあきらめるしかありません。

体力がなくなった。当然ですよね。「生病老死」は生物の基本ですから、年と共に体力はなくなるのは当然です。しかし、トレーニングすれば持久力は減るどころか70歳ぐらいまでは増えるものです。

体力がないと嘆きながら、運動はしない、何とかサプリメントを飲んだり体力がつきそうな美味いものを食べたり、努力しないで若い時のような丈夫な身体になろうという人がいますが、丈夫にならずに肥満になるだけの人がいかに多いことでしょう。

若い人のようにもう競い合う必要はないのです。スポーツマンのようにトレーニングする必要はないのですが、真面目な性格が邪魔をしてついついあいつには負けたくないなどと、どうでもいいことにむきになる性格はなおらないですね。

あなたはどれぐらいの体力が欲しいのでしょうか、ゴルフを歩いてラウンド出来る程度ですか、孫や友達とハイキングに行ける体力ですか、いやいや三000メートル級の山に登山出来る体力でしょうか、中にはフルマラソンをやってみたいという方もおられるでしょう。十分に可能です。後期高齢者でもこの程度の体力なら十分身に付けることが出来ます。やるかやらないかだけのことです。やったことのないことはちょっと勇気がいりますが、定年になってから何十年も生きていく、生かされていくのですから、おぎゃぁと生まれた子が、30歳になるほどの時間があなたにはあります。体力がなくなったと嘆く前に、面白い老後を過ごすために、少しは努力すべきではないのでしょうか。

最初に生病老死といいました。70歳前後まで生きてきました。これからは危険な病気もやってきます。老いて動きも悪くなります。そして死んでいきます。いかに病まずにいられるか、いかに動けない期間を短くするか、そして少しでも悔やまなく死ぬかです。そのための運動です。記録を作るための運動ではありませんね。少しでも健康であり続ける運動ですから無茶はいけませんが、それでも危険は付き物です。突然の心筋梗塞や脳梗塞、転倒や熱中症など何が起きるかわからないのが高齢者です。しかし、注意しても仕方がない年齢でもあるのです。危ないからやらないのを選ぶのか少々は危険でもやるかです。運悪くたまたま倒れてしまっても仕方がないのです。ぐずぐずだらだら愚痴を言って生きるより、健康活発でいさぎよく死んでしまう方が歯切れが良く得だと思わないでしょうか。

民間や公共スポーツジムも山のようにあり、あなたが運動を始めるのを用意して待っています。あなたの払った税金であなたが来るのを待っているのです。「年金が少ない、介護保険が高過ぎる、医療費の本人負担を上げるなんてけしからん」と言っていても問題は何も解決しません。あなたの税金で作ってきた公共施設を使わないで死んでしまえば丸損ということになります。

全ての動物と同じように、人間も置かれた環境の中で幸せを見つけるように出来ているといわれています。幼い子供の頃は自分の置かれた環境に嘆くことなく楽しく遊びましたね。世界の最貧国といわれる子供たちでも、遊びを探し出し、楽しみを自ら作り出して過ごしています。我が国のように楽しむために快楽を求めるために生きているのではありません。生きるためにぎりぎりの中で生きているのですが、そんな状況の中においても人間は幸せを見つけることが出来るのです。この豊かな日本で年を取ったからといって、幸せを見つけられないわけがありません。世界屈指の豊かで安全な国なんですから。

失ったからこそ幸せに気付くことも多い。幸せ感は生活を送る中で全体の60％以上を占めている。この幸せ感が50％以下になると人間は不幸と戦えなくなり自殺に追いやられてしまうので、どんな状況の元でも幸せ感や希望も含めて前向きな気持ちが半分以上を構成するように出来ているのです。

希望を含めた幸福感のない生活には耐えられないのが人間ですね。最近子供の自殺が問題になるが、この自殺の一番大きな要素が希望がないことだと思います。生活面では着るものも食べるものも十分に与えられ何ら不足がないが、いじめなどにより追い込まれてしまう。いじめがなくなるようにと現場は必至であるが、人間社会なのでいじめはこの世の中からなくなることはない。もちろんいじめがなくなるのは理想であるが、それ以上に子供が将来に対する希望を感じてこないことであると思います。明確な希望がなくても子供は希望を肌で感じ取るものです。感じ取る希望がないから生き続ける勇気が湧かず自滅への道に追い込まれてしまうのであると思います。

高齢者も子供とほとんど同じです。いじめは年を取ってもやって来る。しかし経験豊かな年寄りはいじめの逃げ方を心得ているし、いじめにはまらないように常日頃行動している。それでも毎年日本の自殺者は2万人を切ることなく続いている。平成時代は特に自殺者が多く年間3万人を超えたこともしばしばであったが、令和に入って少し落ち着いた感がある。自殺者は交通事故死よりもはるかに大きな死者を出しているのです。希望がない希望が持てない社会はそれだけで犯罪なのであると思います。

政治家は年金を増やして生活を豊かに、生活困窮者を救えるように、医療費を下げなくてはと耳障りの良いことばかりを言うが、希望の持てる社会造り、目標を見出す制度造り、生き甲斐が持てる高齢者教育システムや社会生活造りなどは、ほとんど進んでいないか作る気もなさそうである。自ら生き生き出来る生きる道を探すことが出来ない多くの迷える老人たちには、ケージの中で温かく飼い殺しさせるのが目的のようである。70年に亘って自主的に考える思考を取り上げ、真面目だけを信じて人生を送ってきた人にとっては、最後の人生をどのように過ごしたらいいのか、まったく判断が出来ない。ぼんくらと言えばぼんくらであるが、こんなぼんくらにも希望が持てるシステムを作るべきであり、出来あがれば国の財産にもなるのに実にもったいない。日本にはまだまだ人手は山ほどあるのに、人手が足りないと言っている「ジジイをバカにするんじゃない」と言いたい。

国の政策は老人に何をするか、何をしてあげるかをいつも議論している。民主主義社会で指導者を選挙で選ぶシステムですから、選んでもらった人は選んでくれた人に何をしてあげるかの議論になってしまう。だから選ぶ側はいつも選んだ人から何かをしてもらおう、何かしてくれるはずだと他力型人間、他力本願社会になってしまうのです。みんなが他力で楽しく生活しようとするのですが、本当にこんなことでうまく行くのだろうかといつも思います。昔、殿様の国であった時代は、みんなが住まわせていただいている守っていただいているから、殿様やこの地域のために何かして恩返しをしなくてはと思い、殿様は民衆が逃げ出すことなく安心に幸せに過ごすようにと願う社会であった。自分が出来ることで社会に貢献し、家族を養っていくいわゆる自立型人間、自力本願社会が強かったように思う。

他力型の社会が繁栄すればするほど「国が悪い、政治が悪い、学校が悪い、遂には社会が悪い」と国民の愚痴はますます増える一方で、最後にはとても住みにくい社会になってしまうのではないのだろうか、有り余っている年寄りを甘やかすことばかり考えずに自ら働きたくなる社会、極端に言えばこき使う社会に変えた方がいいのではないのだろうか。

年寄り自立型社会の方が生き生き元気に活躍する幸せな超高齢化社会が来るに違いない。あなたはそう思いませんか、昔「みんなで渡れば怖くない」なんて無責任な言葉がはやりましたね。未来には「みんなで自滅したから仕方がない」となるかもしれません。

# 第4章　面白くするために

「お前まだガラケー使っているの、もう販売していないだろ、スマホに変えたらどうだ」と年男が使っている携帯を見て賢治が少しバカにしたように言った。

「指でスルスルやるやつね。息子がやっているのを見ていると難しそうで、俺は電話しか使わないからこれで十分だ」とうそぶく。本当はスマホに変えたいのだが自信がない。

賢治が「その内そんなもの誰も持たなくなるぞ」と忠告する。

「それなら今の内に2、3台買い占めておいた方がいいかな」と、とぼける年男。

賢治が真面目に「バカ、世の中からその機械のシステムがなくなったら、機械があっても仕方がないだろ、ポケベルと同じだよ」とあきれる。年男もそんなことはわかっている。

年男がスマホに変えない気持ちを話した。

「この前、友達がスマホを買ってきて、俺に見せびらかしたが、使い方が全然わからなくて、電話の音が鳴らないと怒って店に行ったら『お客さま消音になっています』と店の女の子に言われて、体裁悪くてもう二度と店に行きたくないと言ったのを聞いたからだ。」

「あー俺もおんなじだ、買う時に色々説明をしてくれたのだが、家に帰ってきたらスイッチの入れ方もわからない、画面に暗証番号なんか出てきやがって、家に帰るまでに何だったか忘れてしまい、店に行ったら『こちらではわかりかねます』なんて丁寧に言ってくれたが、買ってから1週間も経ってもうこんなもの捨ててやると思った頃やっと使えるようになってきたよ。使い方を息子に聞いたら息子なんてだめだ、俺をバカにしやがって。画面見ている内にどこかに行ってしまったよ。頼りになるのは嫁と孫だ」

と愚痴る。

年男が「やっぱりそうか、誰か一緒に買いに行くやつはいないかな、1人で買うのは心配だ」というのを聞いて、賢治がニコニコ笑いながら「お前が毎日俺にコーヒーおごってくれたら、俺が教えてやるけどどうだ」と年男をからかう。

「うるせいお前が出来ることぐらいなら俺でも出来るわ」と年男も意地になる。

賢治が先日見たテレビを思い出して「その内買い物の支払いも、お寺の賽銭も、孫のお年玉もこのスマホ払いになると言っていたぞ」と言うと、年男は「とろいことぬかせ賽銭がスマホなんかになるわけないだろ、チャリンと音がするからご利益があるんだぞ。それに孫のお年玉がスマホになったら○ではなくて□になるのか」とまじに反論する。

むきになった年男を見て賢治は、

「お前みたいなジジイはだめだな、俺もよくわからないがスマホの店員が5Gの世界になるって言っていた。何のことだか全くわからないがナルホドナルホドと言って店を出た。わからないことにありがとうと言ってお礼を言うのもつらいね（笑）」

すると年男が「5G、俺の5Gはゴミ出し、ゴルフ、そしてゴロネに5合酒とワンコインランチだな」と語呂合わせをした。

賢治は中年男の下手なダジャレと思いながら「500円ランチまだあるの」と聞き直すと年男は「コンビニの500円ランチパックや」どうも時々お世話になっているようである。

この年代は時々わかった振りをして、知ったかぶりをする。大部分のことはそれで過ぎていくが、中には知ったかぶりをしたために詐欺師にだまされることにもなるから要注意である。

人間年を取ると行動しなくなる人が実に多い。理由は色々ありますね。

1. 面倒くさい。毎日がお休みの暇人なのに面倒だから、やらない。
2. どうやっていいのかわからないから、やらない。
3. 今までそんなことやらなくても、やってこれたから、これからもやらない。
4. うまく出来なくて恥をかきそうだから、やらない。

5. 年金生活者だからとにかく金のかかることは、やらない。
6. 1人では出来ないがみんなと一緒にやるのは気が重い。
7. 体力も精神力も興味もモチベーションもない腑抜けに慣れ親しんでいる。
8. そんなことは俺みたいな人間がやるようなことではないと、今の自分の置かれている現実を理解出来ないでいる。
9. 過去を楽しみ懐かしみ、未来を想像出来ない思考から抜け出せないでいる。

その他色々あります。十人十色です。この色々な中で「わからない」という言葉を発するごとにあなたの脳が「もう考えなくても良い」と思って思考を停止してしまいます。そしてそれ以上脳は動かなくなる。そしてもう1つ「出来ない」という言葉もよく使いますが、この言葉を発するたびに脳が身体にもう休んでもいいよとお休みモードを指示してしまう、魔法の言葉なんです。この「わからない」「出来ない」はあなたがあなた自身をだめにする悪魔の言葉です。ですからこの2語はこんな理由で、これから無限の自由な時間を過ごし、退屈極まりない時間を消費しなくてはならず、しかも他人や周りの人に迷惑をかけ続ける嫌われ老人になりかねないあなたは、決して使わないように注意しなくてはならないのです。

コロナやインフルエンザの予防注射も話題になりましたね。

真紀夫が「お前コロナの注射に行ったか」と賢治に尋ねると、「俺、予防注射はやらないことにしているんだ」と思いもしない返事が返ってきた。

「え……やらないの、ただだよ」と確認すると、賢治は平然と「インフルエンザも今まで1回もやったことない、コロナも当然行くつもりはないな。何か副作用があるて言ってるだろ」賢治は子供の頃から医者嫌いというか注射嫌いであった。

「何かやらない理由でもあるの」と真紀夫は首をかしげる。

賢治は「特にないが、まず予約を取らなければならないだろ、女房がインターネットがうまく繋がらないとぼやいていたのを見て、難しそうだからな。それに俺は今まで医者に行ったことがないから、どこの医者に行ったらいいのかわからない」ととりあえず理由を言う。

真紀夫は「お前生まれてから今まで医者に行ったことないの？」とさらに驚く。

賢治はしばらく考えて「う……小学生の時プールで結膜炎にかかって、おふくろに連れられて眼医者に行ったことが最後かな、病気になったこともないし、歯も丈夫だし、目もよく見えるからな」と健康を自慢する。

毎日が不安な真紀夫は、

「でもコロナは強力だから移るかもしれないよ、いや絶対感染するよ」

「大丈夫だよ、毎日うがいもしているしマスクもしている。家に帰ると手洗いもやっているし、朝晩1時間ずつ散歩して免疫力付けているからな」

と平然としている賢治を見て真紀夫は「そんな問題じゃぁないと思うんだけど」と自分が心配症なのかやつがバカなのかと腹が立ってきた。

さらに賢治は「女房が予防注射してきて次の日、腕が痛いとか身体がだるいと言って1日寝ていた。わざわざ自分から調子が悪くなるようなことしない方が得だよ」と持論を展開する。

真紀夫が大きく息を吸いながら「立派な信念だな、じゃあやめとけ、本当はただの注射嫌いで怖いだけでないの」と冷やかすと、賢治は憮然として「ばかぬかせ、注射なんかこわくはないわ。子供の頃学校で予防注射したことあるからな」と掛け合い漫才みたいになってきた。

「お前、もう50年以上も前のことだろ」と真紀夫はあきれる。（笑）

いますね、こんなことで頑張っているジジイ。立派な信念を持っていますが、信念ではコロナは防げないことぐらいは当然わかっている。この手の年寄りはたぶんコロナで死んでも後悔はなさそうです。

健康診断なんかやらないという人もいます。

「俺は健康診断なんかやらない主義だ」いますね。「俺は子供の頃から医者なんてかかったことがないから、知っている医者なんかいない、市役所から健康診断の案内が来たが大きなお世話だ、あんなもの税金の無駄使いだ」いますね。「手遅れで死んでも構わない。酒とたばこはやめない。健康だから酒もたばこもやれる。酒が飲めなくなったら医者に診てもらえばいい。酒とたばこで毎日健康診断しているみたいなものだ」いますね。中には「健康診断なんかして悪いところが見つかると困るからやらない」なんて、しょうもないこと言っている人もいますね。

「バカは死ななきゃ治らない」と言うのでしょうね。自分の命ですから、それはそれで信念を持って生きているのですから立派なことだと思いますが、私のように気の弱い人間は、健康診断に出かけます。

自分の経験ですが、59歳の時ガンになりました。60歳の時またもやガンになりました。あれから15年、今でも生きています。健康診断のおかげです。ガンになる前と比べると、その後の15年の方が断然面白い人生を歩いています。ものすごく面白かった、楽しかった、感激の第2の人生でした。

15年前、もしあの時死んでいたらと考えるとゾッとします。丸儲けの15年でした。

あなたは何か買った時、おまけが付いてくると嬉しいですよね。買い物してポイントが付くと何か儲かったような気になりますよね。健康診断は命のポイントが付くのですからやった方が得ですよね。

生きることに追われて過ごしてきた人生では、やりたかったこと、やれなかったことがずいぶんあるものです。「俺は思ったことは全部やってきたから、人生でやり残したことは何もない」なんて心の底からいえる人は誰もいないはずである。

このようなやり残したことが多い人は、それが多いほど残りの人生を欲深く生きなくては、人生の幸せな満足を勝ち取ることなく、棺桶に入ることになると思うんです。

棺桶に満足して入るためには、やり残したことを出来るだけその日までに片付けておかなければならないのですが、そのためには元気で長生きしなくては出来ません。何事にも欲深くなければ早く死んでしまうことになります。「私は欲深い人間です」と周りにはばかることなく言い続けるのが一番です。神様も欲深い人間が大好きなのです。

皆さんが神社にお参りに行く時、お賽銭を入れますね、そしてその時大きなお願いや多くのお願いをする時は、お賽銭をたくさん入れませんか。たった10円であれもこれもお願いすると良心が咎めますよね。神様も見ています。「なんてケチなやつだ。たった10円か、最近は10円を銀行に持っていって振り込むと、10円以上の手数料取られることをこの人たちは知らないのかな」でも神様は欲深い人間を見捨てることはありません。人間のこの欲深さが好きなんです。

私なんか気が小さいからついつい多めに賽銭を出してしまいます。おかげで今でも元気に生きています。これは絶対に多めのお賽銭のおかげだと思っています。このことは孫にも教えています。大事なことや多くのお願いをする時は、お賽銭をケチってはいけないと。「おじいちゃんお賽銭のお金ちょうだい。たくさんお願いすることがあるから大きいのお願いします」あぁしまった、こんなこと教えるんではなかった。

## 寝てまで考える愚か者の話

年を取ると、おりますね。何か不安なことや怒れることがあると、布団に入っても眠れない、寝よう寝ようとすればするほど眠れない。悩んでも考えても仕方がない、解決方法があるでもないのに考え込む。そしてどんどん、ろくでもない方向に考えが凝り固まっていく。ひたすら疲れて、やっとうとうとするが、目が覚めるとまた頭から離れない。

こういう人のことを「寝てまで悩む愚か者」といいます。

考えても悩んでもどうしようもないのだから、考えずにさっさと寝た方がいいのに、グズグズしている。健康にも良くない、精神的にも全く良くない。

1度試してみましょう。こんな時は念仏のように「愚か者愚か者愚か者」と唱えるのです。きっと寝ることが出来ます。「ヒツジが1匹ヒツジが2匹ヒツジが3匹……」では寝ることは出来ません。見慣れないヒツジより「猫が1匹猫が2匹……」の方が効果的かもしれませんが、白猫、黒猫、寅猫と次々と色々な猫が出てきてしまいます。所詮猫という対象物ですから、寝れないと猫が悪いことになります。「愚か者愚か者……」は自分はバカだバカだと言っているのですから、バカバカしくなって寝れるのだと思います。

不安や怒りは、物心付いた子供の頃から切れることなく湧くようにやってきます。人間の宿命のようなものです。子供の頃は学校のことや試験のことで、社会人になれば仕事や人間関係で、そして年を取ってからは日々身の回りのことや家族のことで悩みが出てきますね。どんなに恵まれた状況に置かれていても人間の悩みは尽きないものです。ボケてしまうか死んでしまうまで続く宿命ですね。不安なことは考えない、そりの合わない人とは会わない話さない、気に入らないことは避けて通る。政治や宗教、野球やサッカーなど自分では何ともならないが過熱しそうなことには「見ない聞かない話題にしない」ように心がけるのがいいですね。

## 友達と温泉旅行も減りました

最近友達と温泉旅行なんてのはとんと少なくなりました。会社の慰安旅行というのもほとんどなくなりましたね。個人主義というのか家庭重視になったのか、友達同士が連れ添って旅行に行くことが減りましたね。高齢者が増えて時間的にはずいぶん自由人が増え、しかも皆さん自動車を乗り回していつでも出かけることが出来るのですが、集団で出かけることはなかなかないですね。

なぜ旅行に行かないか？　すでに行ったことがある。別に温泉なんかに入らなくても、うまい酒も食い物も旅行に行かなくてもいつでも食える。夜はトイレも近いし仲が良いといっても気を遣うからな。などと、なぜか言い訳が出てくる。海外旅行でも個人旅行やせいぜい夫婦や兄弟会などが限定的、観光社の企画団体によって集まった同じ目的に近い人たちが突然空港に集まり、多くを気遣うことのない旅行に出かけていく。

国内旅行では行先すら知らされていないミステリーツアーに、見ず知らずの人たちが集合場所に集まり温泉とグルメを目当てに出かけていく。どこの誰だか知らないから、むしろ気が楽なのかもしれないのですね。

ちょっと勇気を出せば、不精の生活から抜け出ようと思えばいつでも受け入れてくれる世界がそこにあります。

「1年が短くなった」と言う人が多くなった。毎日変わらない日が続き、感激もない、関心もない、感動もないから1年がどんどん短くなっていく。毎月旅行に出かけ未知との遭遇をしても、あと何回感激を味わうことが出来るのだろう。1年が短いと思い始めたら、そして今年の自分の10大出来事を思い出せなくなったら老後です。老春だと言える生活を送り出したことになります。

毎日朝は必ずやって来ますが、何か計画のある日も何の予定のない日もある。どんな平凡な日々を過ごす日でも1日は1日、今日は間違いなはなかったが、しかし失敗はいくつかあった。けれど誰かに迷惑をかけるような失敗ではなかったから上等だ。毎日失敗の連続だが大部分は他人様に迷惑をかけていないし、明日になれば覚えていない程度の失敗であり、どんまいどんまいである。面白く充実していれば失敗は苦にすることはないと笑って過ごせばいいのです。

## 笑いヨガって何?

幼なじみの英子と明子がショッピングセンターの食品売り場で出会った。

英子と明子は小学校から中学までの幼なじみであったが、高校に入学してからは会うこともなく、お互いに就職や結婚、そして子育て、生まれ育った町も離れて忙しく人生の大部分を過ごしていた。お互いの家は10キロほど離れていたが、そのほぼ真ん中に大きなショッピングモールが出来たので週に1回ほどの間隔で買い物に来ていた。その2人が買い物カートを押しながら食品売り場の中で、「あら」どこか覚えのある人だと見合った。そして「あ」と同時に声を上げた。

英子が「あれ、明子……さんでないの」と声をかけると

「英子だよね。久しぶり20年ぶり?」と言って手を握った。英子が「いや40歳の頃、恩師の葬儀で会ったのが最後だから30年以上前のことよ」。2人はその場で立ち話を始めた。

「どう元気していた」

「うんうん元気、子供も出ていって今はちょっとうるさい主人と2人暮らしよ」

と明子がご主人を話のだしにする。

「私も一緒だわ。今日は主人と買い物に来ているのだけど1人さっさと喫茶店に行って『お前買い物して、終わったら電話してくれ』だってどう思う?」

「どこでも似たようなものね」

と2人は薄笑いをする。

英子が「あなた買い物終わったらこれからどうするの予定あるの?」と聞くと、明子が思わぬことを言い出した。

「私この後、この建物の2階にある笑いヨガの会に行くの」

「え……何、その笑いヨガって」

「私の主人が59歳の定年間近にガンにかかって、もう助からないかなってところまでになった時に、知り合いの人から免疫療法の1つとして『笑いヨガ』のことを教わったの」

「そんなことがあったの、苦労したわね」と英子が共感する。

「そん時はもし主人が死んだらどうしようかと夜も寝れなかったわ、すがるような気持ちでヨガ道場に行くことにしたの。そうしたらそこには前にガンにかかった方や今まさに治療している方が何人もいて、ガンを笑い飛ばして治そうと真剣にやっているんです。あの時は本当にびっくりしました」

英子が「変な団体だとは思わなかったの?」と不思議がると、明子は「それはものすごく心配したわ、だけどご紹介してくれた方がとても真面目な方でしたので、しかも主人の命にかかわることなので思い切って飛び込んでみたの」と当時を思い浮かべて話を続ける。

「インターネットで調べたら、日本笑いヨガ協会というのもあり、世界組織になっていることもわかったの」

「そうなの、でどんなことするの」

「ただみんなで笑いこけるだけよ『ワハハワハハワハハ　イエー　いいぞいいぞ　やったやった　イエー　ほほほ　ほほほ　ほほほ　イエー　あはは　あはは　あはは　イエー』なんて調子を取りながら腹の底からみんなで笑うの」

と明子が簡単に見本を見せると、英子は「何にもないのにそんなに笑えるの」と不思議がる。

明子は「私も最初はそう思ったわ、でも自己漫才みたいなもので最初は少し恥ずかしいが、やっている内に本当に笑えてくるの、身体の底からエネルギーが湧いてくるように感じるのよ。『ありがとありがとう　ありがとう　ばんざーい』なんてね、道具も何にもいらない、どこでもいつでも出来る。免疫力がみなぎってきて自分の身体の中からガンをやっつけるの、あの時からもう15年も続けているわ、いまだにガンにならずにいるのはこのせいかもしれないと思っているの」と笑いヨガとの出会いを話した。

それを聞いて英子は「ずいぶん面白そうね、今日は主人がいてだめだけど、きっといつかはとりあえず見させてもらうわ」と興味を持った。

「いつでもいいわよ電話してね」

英子は主人の待つ喫茶店でお茶を飲みながら、インターネットで「笑いヨガ」と検索する。

一方、真紀夫と信二は、

「信二、趣味は何かあるのか」と真紀夫が尋ねる。

「寝ることとテレビを見ること、それから新聞を隅々まで全部見ること」とぶっきらぼうに答える。

「毎日何のテレビ見てるの？」

「色々だな、だから世相にはずいぶんくわしくなった。すぐに忘れてしまうが、国会中継に、今は相撲に、水戸黄門に、昔やっていたゴルフ、民放の解説付きニュース。詳しくなっても誰にも話すところがないから仕方がないがな」

自分の考えは何もなく受け入れ知識だけが膨らむ典型的テレビ人間で、本人は知識人になったかのように思っている。

真紀夫が「そうなら、若者がやっているSNSやインターネットでもやって自分の意見を投稿したら」と勧めると信二は即座に、

「あーーあれはだめ難し過ぎて、しかも変なボタン押したら金取られるかもしれないからな」息子からも変なものに手を出すなと言われている。

真紀夫が「それなら習字とか、絵とか、写真とか何か習い事はしないの」と昔ながらの習い事を言うと、信二は「絵なんて中学生時代以降描いたことがないし、音楽は飲み屋のカラオケ以外歌ったことない」と言う。批評や評論はするが自分は手出ししないタイプである。「そんなのはやらない、今更やってもうまくならないからな」と自己否定をする。

真紀夫が「うまくなんか出来なくてもいいじゃないの、仕事ではないのだから」と言えば、「俺にもプライドはあるぞ、何といっても面倒だ。仕事をやめてやっと気楽になったのに面倒なことはしたくない」とかたくなになる。

真紀夫が「じゃあ、運動は何かしているの」と聞けば、「気が向いたら散歩かな」と

言ったが本当は週に1回やる程度である。

「昔ゴルフしていたよな、またゴルフでも始めたらどうだ」

「会社を辞めてからもう1度も行っていない、道具も倉庫の中に埋もれているよ。それに始めても一緒にいく人いないからな」

確かにゴルフは1人ではやりにくい。

真紀夫が「市民ゴルフや町内ゴルフ、それに町内会の役でもやれば友達見つかるよ。ゴルフの練習場でも募集しているみたいだよ」とこのちっとも動かない不健康者を動かそうとするが、信二は「大体そんな知らない人と気を使いながらやりたくないな」

信二の気持ちの中には、身体を動かして何かをしようということは微塵も残っていない。

最後に真紀夫が「どうせ年寄りゴルフだから、皆んな適当に気楽にやるから始めたらすぐになれるんじゃないの？」とだめ押しするが……

信二は「う……面倒だな。それにあっちこっち打っていたら一緒に行った人に迷惑かけるからな、気疲れしてしまうよ」と他人の気持ちを材料にして自己逃避をはかる。

信二が逆に尋ねる。

「お前色々言うけど、お前は何かやっているの？」

「俺はテニスにボウリング、卓球それと社交ダンス、写真に習字だよ。たまにはゴルフも行くよ。毎日やることだらけで昼寝をする暇もない」

それを聞いた信二は「え……そんなに色々やってるの？　忙しいね。気の毒なことだ」と尊敬の振りをするが内心はとろいことだと見下げる。

真紀夫は「あれこれやり過ぎてどれもものにはならないが、おかげで友達は現役の時よりたくさんいて楽しいよ」と言うが、問題は友達の名前が憶えられなくて困っている。

信二は真紀夫と話をしている内に、俺も少しは運動した方がいいと思ったが、今さら人と競ったりしても勝てそうもないし、惨めな思いもしたくはない。１人で歩くだけならちょっと頑張れば出来ると思った。

「真紀夫、俺歩くことから始めてみるかな」と、ぽっつと妥協してきた。

すかさず真紀夫は「そうか、俺も一緒に歩いてやろうか？　お前が三日坊主になるといけないからな」と言う。

「いや、とりあえず気の向いた時に歩いてみるよ。ところで1か月どれぐらい歩けばいいかな」と信二。真紀夫は「100万歩から年齢を引くのがいいと思うよ」と言うが、信二は「100万歩冗談じゃーないよ」。

「年齢を引くから大丈夫だよ」と真紀夫は言う。

「例えば、90歳なら100引く90で10万歩、80歳なら100引く80で20万歩、70歳なら100引く70で30万歩。お前は75歳だから、100引く75で25万歩が1か月の目標だな」

「それなら出来そうだな、毎日約8000歩だな」と信二は言った。

女性はいつも積極的に趣味の範囲を広げ友達もすぐに作っていくが、男性はなぜか閉鎖された社会の中で、その領域から出ようとしない。この開放的な男女の性格の違いが余命年数の違いになっているのではないのだろうか。

高齢になった日本男児はなぜ動かなくなったか？　それは、戦後の教育基本法第1条で「教育は人格の形成を目指し……真理と正義を愛し、個人の価値をたっとび、勤労と責任を重んじて自主的精神を持つように」と青少年を育ててきたが、今やその青少年より高齢者の方が多くなり超高齢化社会が来た。その高齢者はかつて日本経済の上昇に伴って所得が増え続け財産もそこそこに蓄えることが出来、国民総中流時代といわれながら大河の中を漂うように流れてきたために、いつの間にやら戦後復興のごちゃごちゃになって育ったハングリーさも骨抜きにされ、流れに身を任せていれば、幸せになれる保身を身に付けてしまったようである。

そして今その大河は河口に近づき、海に流れ込んでもそれに気付くことなく漂っているゴミのごとく浮かんでいる。ここは川ではなく危険な大海にもかかわらず、政治家も教育者も海での生き方を警告するものは誰もいない。当然高齢者義務教育が行われずに、豊かなぬるま湯にどっぷりと浸った気持ちで、高齢者は自分がどう生きていったらいいか生き方がわからない事態に放り出された。世界でも稀な正義感を持ち、勤労意欲があるが、自分で自主的に考えられず、日々の目標の喪失による廃退老人が山のごとく生まれた結果である。学校では上位を目指し、学歴を争い、スポーツでは全国レベルを目標に努力と戦いの第1回戦を過ごし、社会に出れば地位を追いかけ出世を目指し、営業成績や合理化で競い合い、その結果として財産という形で結論が出て第2回戦は定年と共に終了した。

そして人生の最後に第3回戦がやって来ると思っていたら「ノーサイド」そこには第3回戦はなかった。

それでも70年間やり続けた戦う精神は消えず、ゲートボールにグランドゴルフに趣味の世界にと、無理やり第3戦を作り出し順位を付けなくては、安心して遊ぶことすら出来ない。健康のために始めた趣味も長く楽しむために作った連絡会も、いつの間にやら昔所属していたストレスが溜まる組織によく似てくる。長年かけて身に付けた生き方はなかなか治らないものがある。かといって集団で過ごすのに慣れ親しんできた人々は1人では過ごすことが出来ない。孤独には耐えられない厄介な長い老後を過ごさなくてはならないのだ。

そんな全ての老人のところにも、お天とう様の光が当たるのと同じように、平等に幸せの神様と不幸の神様がやって来ます。毎日色々な神様が目の前を次々と通り過ぎていく。神様には大きく分けて幸せをもたらす神様と不幸に導く神様がいて、長い第3の人生の内にもほぼ平等にやって来るそうです。神様が毎日何人来るかは人によって年齢や生活習慣などによって多い少ないはあるようです。問題は目の前に神様が来た時に幸せの神様をどれだけゲットしたか、間違って不幸せの神様を何人引っ張り込んだかによって、その人の人生が幸福になったり成功者になったり、残念ながら不幸で惨めになったかが決まるそうです。生まれ落ちたる星の下によって人生の成功や幸福が決まるのではありません。

幸せの神様があなたの目の前に来た時、その神様の後ろ髪でも着物の袖でもいいからサッと捕まえた人が幸せになれます。幸せの神様はとても早足なので、ぼさぼさしているとすぐに通り過ぎていってしまい「しまったあの時捕まえれば」と思った頃にはもはや捕まえることが出来ません。その点不幸せの神様はあなたの前をゆっくり通り過ぎていきます。心に不満があったり、心配事があったりして孤独に暮らしていると、わざわざ声もかけてくれます。優しい神様だと勘違いして捕まえてしまうと、ひどい目に遭うことになります。心が沈んでいる時や不安を抱いている時は、ついつい見ず知らずの人によって持ち込まれた不幸の神様に頼ってしまうケースが多いようですね。

幸せの神様を引き寄せる方法があります。内緒ですがそれをお教えします。「神様は思い高ぶるものから去り、常に謙虚で慎み深き者を好み、努力し続けているものに恵みをもたらす」そうです。

いずれ足腰が衰え歩けなくなる。1日一言も話すことなく過ごす日が来る。なんで俺は生きているのかすらわからなくなる日がやって来る。死にたくても死なせてくれない世界に冠たる医療体制が整っている日本では、よほど運が良くないか、自ら死を選ばなければ死なせてくれません。生存はあなたの権利ではなく、社会の銭儲けのシステムなのです。飯を食わずに死ぬ勇気がなければ、終わりをあなたの意志では決めれることはもはや出来ません。

自分で死ぬことを決めれないのであれば「ピンコロ」を狙うしかありません。確率は低いですが頑張ってみましょう。どうやってピンコロとなれるかを頑張って探さな

くてはならない時代になりました、ピンコロを売り物にしているお寺にお参りに出かけるのも良い方法かもしれません（笑）

どうか、幸せの神様の裾を捕まえて人生の第3戦が豊かなものとなることを願っています。

# 第5章　嫌なことは毎日やって来るものだ

## 朝の喫茶モーニングでの会話

年男が賢治に愚痴をこぼしている。

年男が「おい聞いてくれるか」と話しだした。

「なんだ、また何かしでかしたか」となま返事をする。

「俺一昨日、丸山公園にあるプールに行ったんだよ」

「あーあの温水プールね。それで何かあったの」

「あそこは昼間は意外と空いているし何といっても高齢者は100円で入れるからな、3時頃になると小学校の子供がプール教室に来るが、それまでは貸し切りみたいなんだ」

「そうなの、行ったことがないからよく知らないな」

「プールの入り口にげた箱があり、そこで靴を脱いで脱衣所に行くんだ、着替えをして1時間ほど泳いだりプールの中を歩いたりして帰ろうとして、げた箱のところに来たら、俺の靴がないんだよ。散歩用にと有名ブランドの7000円もした高級品だよ、先月買ったばっかりの新品だよ」

「え、それで見つかったの」

賢治は靴には全く関心がなくホームセンターで1足1000円で買った物をいつも愛用している。

「係の人に言ったら、スリッパを貸してくれて『とりあえずこれで帰ってください。誰かが間違えて履いていき、また出てくるかもしれませんから、出てきたら保管しておきます』といわれて仕方なしに借りたスリッパで帰ってきたんだ」

「それで出てきたの？」

「昨日の昼頃にまたプールに出かけて、借りたスリッパを返しに行ったんだ。そして

『靴出てきました?』と聞いたら『閉店の時最後に残っていた靴はこれですが違いますか?』と見せてくれた靴が、かかとを踏みつけたボロボロの腐ったようなのだよ」

「やられたね」

「くそ、ひどいもんだよ、人の新品の靴盗みやがって」

賢治は内心、年寄りがそんな高級なものを買うから嫌なことにも巻き込まれるのだ、「自業自得だ」と思うのであった。


この手の不幸はいつでもやってきます。

人間は生まれたその日から、嫌だと感じることは毎日切れ目なく死の間際までやって来る。そして迷い続けた人生の最後になり、もし頭がしっかりしていれば、医者から「このまま治療を続けますか、緩和ケアーに切り替えましょうか」と判断を求められ、最後のだめ押しに「ここに残りますか、それともご自宅に帰りますか」と言われ、信じていた奥さんから「家は私1人だけですから面倒を見ることが出来ません。先生このまま入院を継続してここに置いていただくこと出来ませんか」と、自分の意志すら無視されることになるものですね。

嫌だと思うこと以外にも、うまいものをたらふく食いたい、金が欲しい、幸せになりたいなどなど、もしかなえられたとしても、どうしようもない欲望や思いが次々とやって来ます。仏教ではこのような現象を煩悩といい、この煩悩を断ち切るために滝に打たれたり座禅をしたり、念仏を唱えたりと修行をして煩悩を断ち切る文化が生まれてきました。それは今でも続いていますし、これからも続くことでしょう。

嫌なことや欲望や幸福感をうまく利用して、暗示にかけて財産を巻き上げる宗教団体も次々と出てきて、何と多くの人がだまされて財産を巻き上げられ、さらに嫌な日々を過ごす羽目になっていますね。でもだまされている時は幸せだったのでしょうね。「信じるものこそ救われる」ということもいわれるぐらいですから。だまされたままが死ぬまで続けば幸せなんですが、だます方はだます価値がなくなれば捨てて去っていきます。捨てられた時、初めてだまされていたと気付くようです。私はそのような事態になったことはないから真意はよくわかりませんが気を付けたいものです。

人間は他の動物に比べて特別に大きな脳を持ったために、脳みそから次々と色々なことが出てくるのはもはや仕方がない宿命なのです。問題はこの憂鬱感をどのように振り切るようにして老後を幸せに過ごすかですね。当然修行僧のように滝に打たれたり、何時間も座禅を組んだりすることなく幸せな気分になれるといいですね。

楽しいことをしている時は多少の嫌なことは追いやられて気になりません。楽しいことが少ない人はわずかな嫌なことにも心を取られ、そのことが解決するまで頭にこびり付きなかなか嫌なことから脱出出来なく、もやもやした時間を過ごすことになります。嫌なことが起きてもとらわれない精神力を手に入れるには、僧侶のような修行を積まなくてはならず、これでは大変であるから、常に楽しく過ごす方法というか熱中出来ることを選んだほうがいいということになりますね。

暇になった年寄りは、1度嫌なことが発生すると脳が暇であるがゆえに、しかも思考能力が硬くなっていますから、その嫌なことから思考が切り替わらない宿命にあります。

嫌なことといっても若い時の嫌なことと老いてからやって来る嫌なことは当然違いますね。徹夜で勉強したのに成績が上がらない試験で良い点数が取れない、一生懸命働いているのに成果が出ないし認められもしない。好いている人がちっとも振り向いてくれないなどで悩んでいます。でも若い時の嫌な苦労はいずれ認められるための肥になります。将来素敵な花を咲かせるために、冬の間は深く根を張り栄養を蓄えて、春になると芽を出し花を咲かせるのと同じで、人生の準備であるといえます。一方、年を取ってからの嫌なことや苦労は春を待つことなく報われることは少ないと思っている人が多いですが、その考えは本当でしょうか。

70歳から始まる「老春」を楽しまなくては、面白い人生を全う出来ません。「70歳は定年」何をバカなことを言っているのでしょうか、70歳が新たな門出で90歳まで20年もあります。「オギャー」と生まれた孫が20歳の成人を迎えるほどの時間があります。この新たな老春を築くためには、嫌なことも苦しいことも煩わしいことも面倒なことも春の花を咲かせるための準備でしかありません。未来が20年もあるのに過去にこだわり過去の延長の上に過ごしていれば、植物でいう根腐れと同じです。足腰が弱り脳はボケ、気力は失せて愚痴ばかりが先行することになってしまいます。大地に根を張ることなく当然栄養を蓄えることなく花の咲かせる時期が来ても花も咲かないから当然実もできない。ますます誰かに見られることなく誰かのお役に立つこともない、70歳まで蓄えてきた栄養を頼りに日々食いつぶすだけの日々を過ごすことになってしまいます。長い時間を立ち枯れ根腐れするためだけに過ごさなくてはならないですね。嫌ですね。誰からも期待されない、尊敬されない人生を20年以上過ごさなくてはならないなんて我慢出来ない。老木になってもなお花を付け実を付ける。あなたは腐りながら死んでいくのと最後まで花を咲かせ実を付けながら生きるのとどちらをえらびますか。昔を懐かしがって生き続けるなんてとても我慢出来ない。いっそのこと昔があるから前に進めないなら、この際昔のものはことごとく捨ててしまった方が出発しやすいです。着るものも思い出の写真も懐かしい記念品も捨ててしまい、退路を断った方は道は開かれるものです。過去がなければ未来しか残っていませんからね。

未来にどんな花を咲かせるか、それは自分自身で決められます。大きく美しい花でも小さな可憐な花でも自分で選ぶことが出来ますね。隣の国では80歳を過ぎても大統領をやり続けたいと思い頑張っている人が2人もいるのですから。

子供の頃にも同じように毎日嫌なことがやって来ますが、嫌なことが来ればまず泣きます。孫を見ていればこれは理解できますね。毎日何回も泣きます。そしてジジイはその泣いている原因の嫌なことを取り除くためにずいぶん苦労するものです。その子供も大きくなるにしたがって、泣くのを我慢し気持ちをコントロールするようになる。それは我慢するとジジイが一生懸命褒めるから、泣かないことがいいことだと覚えるのですね。

本来子供には目新しいことが次々と現れてきますから、嫌なことが継続することは少ないのです。集団でのいじめだけは長く続きますのでこれはいかんですが、それ以外は嫌なことの継続性がないから元気に過ごすことが出来るのです。この次々と楽しいことが現れることにも問題があります。色々なことを経験して成長していくプラスの面と楽しくなくなったら止めてしまえば良いは、成人になってからの性格にも大きく作用することになります。成人になってからも嫌なことや興味が湧かないことには継続しないで良いという性格が大きく残っている人は、成人になってから少しでも嫌なことに出くわすと逃げ出してしまうことになってしまいます。

嫌なことや困難なことにぶつかると乗り越えようとする前に、逃げ出す言い訳を考えることになる。「こんな仕事は自分には向いていない、もっと自分に合った仕事があるはずだ」とか「私の苦労など理解してくれずに、次々と色々なことを命令する実に不愉快だ」などと自己肯定を優先して、次々と職業を変える若者のいかに多いことでしょう。そして70年の歳月が過ぎても人生の達成感もなく過ぎてしまって、中途半端な人生観を持ったまま後半に入らなくてはならないことになる人もずいぶん多い。

物事は最後が面白くなければ損ですね。途中が少々失敗していても最終がよければ成功した気分になれます。最後が一番大切なので過去なんてどうでもいいのです。最終の成功を作り出すための準備だといえますからね。

話は戻りますが、子供は泣かない大人になるのですが、大人が泣くとバカにされるだけでなく同情もされませんので、どうにも悔しい時は隠れて泣くことになります。仕事を通じて嫌なことをコントロール出来る修行をすることなく過ごしてきた年寄りは、嫌なこと以上の楽しいことを作り続け、やり続けることが必要ですね。さもないと嫌なことにつぶされてしまいます。

子供の頃は泣いて逃げ回り大人になったら要領良く逃げ回ってすごした人が、ずるずると高齢者になった時、もはや言い訳がなくては生きていくことが出来ない性格に仕上がってしまった人が、高齢者になったことによる、身体の不自由さや体力のなさを言い訳の材料として使い、言い訳と高齢の無限連鎖に陥っていくのだと思います。

高齢者のあなた、特に要領良く人生を立ち回ってきた爺様は毎日を楽しく過ごす方法をいくつお持ちでしょうか。

ゴルフ、ゲートボール、ボウリング、家庭菜園、テニス、卓球、読書、買い物、孫の子守、散歩に愛犬や愛猫の世話、書道に絵描き、カラオケに楽器演奏、喫茶店巡り、料理に掃除、ボランタリー、1人酒に……嫁いびり、妻いびりなどさまざまありますが、あればまだいい方かもしれない。

テレビを見ること以外に何もすることがないし、親しい友達もいないし、いても会うこともない。朝起きても顔を洗い髭を剃る必要もない、着ているパジャマを着替える必要もない。自分で自分を見つめても、その存在意義すら感じない。言い訳や愚痴を言う相手すらいない。こんな孤独老人が5万人どころか500万人もいると言われています。

「人生後ほど面白く」など、とんでもないことだと思う前に行動を始め「人生後ほど面白いではないか」と成るように、ボケない内にしたいですね。

それから迷うことがあったらどうするかを決めておくことですね。決めておけば気持ちが楽になるし、迷っても結論の出ないことは迷っても仕方がないことだから無視すればいいし、楽しい時間を過ごしていれば何となく忘れてしまうことは、どうでも良いことなのです。

子供のことは心配しない、自分より長生きする人のことは先に死ぬ人間が心配しても仕方がない。孫は可愛いが先のことは親が心配することで、ジジイは本来部外者であるので楽しみだけもらえれば良い。財産は自分が死んでから残っていれば子供たちがどうするかを心配すれば良い。どうせ残り物だから好きなように分けるなり処分するなりすればいい。今使っているものが将来どうするなんか考えても仕方がない。死んだ後はどうなってもどうしようもないものに未練を持たないことである。自分が楽しんできたゴミだと思えば、一般のゴミには関心は持たないのと同じで、考えても仕方がない。盆栽や植木のように何十年もかけて育て上げ、さらにその後も世代を超えて育てるものにものすごいこだわりがあるが、受け継ぐと思われる人に興味がなければ何の価値もない。そこらへんに落ちている石ころや野草のようなものでしかないので、価値を感じてくれる人に渡す手配をしておいたほうが良いことになる。あの世に持っていく棺桶の中に入れるものを準備することの方が大事であり、朽ちて果てる自宅や自動車、ましては趣味のようなものなんかは全くどうでも良いものである。書画骨董品のようなもの、目に見えて金銭的価値があるものは推定値段票を付けておき、それ以外の物は観光土産か趣味の思い出の品で自分以外の人にはゴミほどの価値しかないものであることを明確にしておくのが良いですね。このようなことを決めてしまえば、迷いも少なくなります。

## 現状維持は退歩である

世の中の習慣や伝統、制度や規則といえども、時代が流れる中では残りの人生であっても現状維持は退歩でしかない。生きている間はその最後の1日まで1時間前まで変化し楽しさが増幅し続けるのがよいですね。

戦国時代の石田三成の有名な言葉に、首をはねられる日「最後に咽喉が渇いた水をくれ」と言ったら「柿でも食え」と柿を差し出されたのに対し「柿は咽喉に悪いからだめだ」と断ったといわれている。本当であるかどうかは定かではないが、最後の最後まで自分の生きざまを通す。すごいと思うか、どうでもいいと思うかはそれぞれですが、最後の1日まで自分らしくはいいですね。出来るかどうかはわかりませんが私もこうありたいものです。

今、私の古くからの友達が2人、今の医学では手の施しようのない状況で死と立ち向かっています。2人に1人がガンで死ぬ時代ですから仕方がないとしまして、この2人の真近に迫る死に向かっての生きざまに接していると、人間とは意外と死を真近にしても悠然としているものだと感心しています。それぞれはそれなりに悲しんだり悩んだりしているかもしれないのですが、悩んでも仕方がないので悠然と残りを生き抜くしかないのですね。

むしろ周りの者の方が気を使ってもじもじしているものです。

私も2度も死に損なった経験から口ごもらずに「オイどうだ、今の内に食いたいものないか、棺桶に入る時後悔しないように、やりたいことがあったら言ってくれ」などと、あっけらからんと言うのですが、本人はどういうわけかその事態になっても死ぬとは思っていない、この事態が永遠と続くように思っているようです。人は死ぬまで永遠の時間があるのであって、マラソンのように終わりのゴールが決まっているのではありませんので、ゴールの日が「今日ではない」と感じるのだと思います。私も自分の死が目の前に来た時も、なぜか落ち着いていたような思いがします「今日が最後ではない、今週が最後ではない、今月が最後ではない、今年が最後の年ではない」……「今日を最後にしない」が続けば、死ぬまで永遠に最後は来ないのです。

さすがにこれはなってみなければわからないことで、人生で1回しか経験出来ないことかもしれません。

いずれ私も経験出来るかもしれませんし、経験することなくプチッと終わってしまうのかもしれません。どちらがいいか気持ちは半々ですが、残念ながら自分では決められないのです。

# 第６章　終活なんてやらない

10時の散歩を終わった３人が、いつもの喫茶店に入りいつもの席に着き、真紀夫が「昨日のテレビで、２時頃やっていた『終活の重要性』という番組お前たち見たか」と切り出した。

信二が「俺は昼寝の時間だから見なかったが今さら就職活動する気はない」とぽつっと答える。

「就職の就活でなくて終わりの終活だよ」

「ああ終わりの終活ね。で何やっていたのと」と信二が内容を聞く。

真紀夫が「遺言書を作れだの、お墓はどうするの、貯金を整理した方がいいとか……

そうそう、葬式の時に誰に連絡するか書き出しておけとも言ってたな」と内容をかいつまんで話し出した。

賢治は「俺はまだ死ぬつもりはないから、そんなこと考えるのはまだ先のことだ」と言う。

「テレビの司会者が、大抵の人がお前のように、まだ元気だからそんな縁起の悪いことやらないと言っているとも言っていたが、医者から突然『ガンです』と言われて慌てる方が多いとも言っていた」と真紀夫。

それを聞いていた賢治は自慢そうに、

「俺はガンにはならないから大丈夫だ、オヤジは心筋梗塞でおふくろは天寿全うだからな」

「心筋梗塞なら遺言の暇もないからなおさらダメだろ」と信二。

自分では決められない死に方の話になったが、真紀夫が「俺、心配になってきたから作ってみようかな」と言い出す。

賢治も「出来たら見せてくれよ。俺も真似して作るから」と何となくその気になった。

「でも死んじゃってからのことだろ？　死んだ後のことなんかどうでもいいじゃないの」と信二だけが気にも留めない。

真紀夫が「これから死ぬまでのことの方が大事だからな。死んだ後のことなんかどうでもいいか」と、真面目さと面倒くささの間で気持ちが揺れ動く。

「そうそう貯金を整理しておけなんて言っていたが、元々整理するほど貯金はないしな（笑）」と賢治。

真紀夫も「家のことは女房が全部握っているから、俺はどうなっているか全くわからないから、どうしようもないな」と、面倒なことはやりたくないと気持ちが揺れる。

賢治が「それどころか女房が先に死んだらドエリャー困ってしまうな」と言うと、一同大きく「そりゃそうだ」とうなずく。

全国で人が住んでいない、いわゆる空き家は何と850万戸以上もある。つい最近までの日本では土地建物は不滅、先祖伝来の土地建物を守り一族繁栄の象徴としての価値あるものであった。しかし、今では富の象徴、人生結実の成果が捨てられる時代となった。明治時代も初めの頃、日本の総人口はわずか3000万人ほどであったが、今では1億2000万人まで膨れ上がった。そして今度は8000万人まで減少し、さらに6000万人になる時代が来るといわれている。

人口が減ると経済が衰退するから大変だという政治家もいるが、元々明治は3、4000万人でスタートしたのだし、第二次世界大戦のときでも8000万人で世界を相手に戦ったのだから今が多過ぎるのであって、住民が幸せに暮らすには今の半分ぐらいでも十分なのである。

1億2000万にもなった日本人は偉くなったものです。土地や建物を平気で捨ててしまう民族になってしまいました。この罰当たりな行為はいずれ子孫に降りかかってくることでしょうが、今の自分には関係ないことですので、見て見ぬ振りをして通り過ぎることにします。

豊子がお父親の命日の墓参りで天心寺に出かけてきた。住職の妻（お庫裏さん）にご挨拶をする。豊子の主人は自動車関連の部品製造会社を経営しており、そこそこの資産家になっていた。毎月15日は自分の父親の月命日であり、父親が亡くなってからすでに4年近くになるが、毎月の命日には欠かさずお墓にお参りに来ていた。

「こんにちは、お庫裏さんご在宅ですか」と豊子が玄関をあける。

お庫裏が「はーい今。あら豊子さん。毎月きちんとお参りですね。なかなか出来ませんよ。暑いのにご苦労さんです」と長い廊下の奥より出てきた。

「先日東北の方に旅行に行きまして、その時のお土産です。どうぞ」と観光土産用のおせんべいの箱を差し出した。

「ありがとうございます。いつもお気遣いしていただき、ありがたく頂戴いたします」とにこやかにお礼を述べる。

満開の紫陽花を見て豊子が、

「お庭がいつもきれいになさっておられますが、お庫裏さんが手入れしておられるのですか」

「いえいえ乱ごくなものです。境内が広いのでとても手が行き届きません。恥ずかしいようなものです。年に2回はお寺の世話人の方たちと町内の老人会の方々が大掃除してくれるのですがそれでも追い付かず、最近は市のシルバーさんに頼んでやっていただいていまして、私はそこの花壇とか境内の中の芍薬や紫陽花の面倒を見るぐらいです」

「私はお花が大好きなんですが、主人が盆栽に凝っていまして、庭じゅう盆栽の鉢だらけです。主人が死んだらあれどうしようかと最近心配になってきました」

「それは素敵な趣味ですね。盆栽は何年も何十年もかけて作っていくのでしょ」

「そうなんです。本当は親子2代3代と亘って育てると聞いていますが、うちの子供たちは誰も興味がなくて、車を止めるところがないからどかしてくれと言ってるんです」

と家の事情を愚痴ると、お庫裏は「それは困りましたね。親子喧嘩になりそうですね」と慰める。

「そうなんです。それにこの前、会社の顧問税理士さんがこの庭を見て、『これほどすごい盆栽は相続財産になりますね』というんです。まあ褒め言葉だと思うのですが」

と心配すると、お庫裏はびっくりして、

「税金が出るのですか？　それは大変ですね」

「こんなものに税金払うのは嫌です。と言ったらその税理士さんが『社長さんがお亡くなりになったら誰か好きな人に形見分けであげてしまうか、枯らして片付けてしまえば』と言われるんです。どうすればいいのかますます悩んでしまいましたわ」

とご亭主の趣味を嫌がる。

お庫裏が「盆栽よりやはりお金を残していただいた方が（うす笑いをしながら）女としてはありがたいですわね」と本音を漏らすと豊子は嬉しそうに、

「そうなんです。もう終活の年齢なんですから。変な財産なんか溜めないでもらいたいのですが、毎日盆栽しかやることがないのですから、どんどん増える一方なんです。水道代もバカになりませんからね」

「ごゆっくりお参りしていってください」とお庫裏。

「変な愚痴を聞いていただき、ありがとうございました。どこかに盆栽を引き取ってくれる方がいたら内緒で教えてくださいね」と言いながら豊子はお墓に出かけた。

人生の最後を面白く過ごし、今まで蓄えた趣味を楽しむには何を取るか何を捨てるかも問題になる。家族もそれぞれ言い分がある。

終活とは「人生の終わりを商売にする事業者が作った言葉」であって、「人生の終わり方の生活を示したもの」ではありません。

「終活の準備です」と多く解説者や企業が説明会を開いたり、本を出したり、テレビに出てきたりしていますが、これは、高齢者に対する最後の商売を仕掛けてきているに過ぎないことで、信念のある方や人生を満喫している方には全くどうでも良いことです。

あくまで商売ですから、あの手この手で高齢者を攻めてきます。

私のような元々水飲み百姓の出の家系は気楽なものですが、江戸時代から代々続く名門家ともなりますと、家系の継承が一族の大きな問題となるかもしれませんので、いい加減な見解を述べては申し訳ないと思います。ごめんなさい。

終活業者が定番で言うことは「まずは死んだ後に家族が困らないように遺言書を作りましょう。老後の金が足りるかどうか心配ですので生活設計をしておきましょう」です。

「欧米諸国では遺言書を作るのは当然のことであり、日本でもきちんと作るべきです」と日本人の心情や文化のことは一言も言わずに、外国文化の真似をするのが美談であるかのごときの言い方ですが、日本には江戸時代から家督制度の文化が根付いていたために、遺言制度が発展しなかったのだと思います。戦後の日本文化が破壊される中で家督制度もなくなり財産の継承権や家族制度も変更が余儀なくされ、兄弟相争う争族に変貌してしまったのでありますが、今さら嘆いても戦前の文化に戻ることはもはやありません。安心して死ねる文化から文章で書置きして後世に言い残さなくてはならない、面倒くさい社会になってしまいました。去っていく者は、そんなもの「大きなお世話だ。私がどのように死のうが、私の財産がどのようになろうが私の勝手や」と言うものの、でも「それでは後に残されるものが色々困ることになるかも」と心配にもなる。何言ってんだよ、子供たちには子供たちの人生がある。私の人生とは関係がない。「私の人生や人生観を押し付けるつもりはないし、未来に向かって歩く者に、ぼちぼち終わりを迎えるものが『おいおい俺の人生のカスをお前たちに分け与えてやるから、俺にも見せ場を作れ』と言っているようなもので、サッカーでは後ろから手を伸ばしシャツを後ろに引っ張るイエローカードのようなことですよ。あなたが楽しみに溜め込んだ、いわゆるカスの財産らしきものを子供に渡そうと思うなんて虫のいいことです。人生のカスを息子や跡取りが財産と見誤れば喧嘩の元となるだけです。喧嘩の元になるようなものは早く処分した方がいい。生きている内に渡せばとても感謝されるが、死んでからでは喧嘩の元になる。財産とは実におかしな物である。国の方針も生きている内に渡せば贈与税という多額の税金を取るが、死んでから渡せば贈与税の何分の1にしかならない相続税に国民を追いやり、兄弟で喧嘩を助長する仕組みを作り出している。日本人はせっかく兄弟喧嘩が起きないように作り上げてきた文化を、喧嘩が好きな西欧文化に変えてしまったのです。

終活セミナーなどでは、大家族時代から核家族時代になり、年を取ったら手持ちの財産を明確にしておくために信託財産に一括預けるようにしましょう。ボケた時のために後見人を指定しておき、自宅の処分や老人ホームに入れるようにしておきたいものです。などなど色々説明がありますね。中には葬儀社から死んだ時のために葬式の費用をお預かりしておきましょう。そして、葬儀はどのような方式でどこで行い、どのような方をお呼びするか、友人や親戚の名簿の整理しておき、ついでに棺桶の中に入れる物も整理しておきましょう。などきめ細かなマニュアル作りを進められる。信託会社は信託事業のために、葬儀屋は葬儀を請け負うために、それぞれの事業の発展のためにと手を尽くしています。

それはそれで世のためにもなることですから間違いはないのですが、自分のことは自分で決めるのが本当は一番いいことだと思います。面倒な人はこのような業者にお世話になるのもいいことですね。

老後のことは業者に頼んだからこれで安心だと思ったら「これからのタイムスケジュールを立て、いつまでに何を整理するかを決め、毎月きちんと進めていく、そして1年が過ぎると今度は内容の見直しを定期的に検証を行うようにした方がいいです」

と言われます。あなたは死ぬまで切れ目なく付き合い続ける商売の術中にはまり、次々と提案をしてもらえることになります。あれこれ心配事もアドバイスされ、老後はゆっくりやりたいことをぼちぼちと送ろうと思っていたら、不安を駆り立て心配が膨らみ、とんでもなく忙しいことになってしまい、苦悩の生活が始まる。これが正しい老後だと自分に言い聞かせ、終活指導業者に導かれて、忙しくきめ細かく充実した正しい終活となります。実にめでたいことで安心の最終であるとも思えます。

日本人は何百年にも亘って我慢強く真面目に生きることを守り続けてきた本当に真面目な民族です。「立つ鳥跡を濁さず」という諺もありますように、そこを去るものは後から来るもののためにきれいに片付けて立ち去りましょう。この日本の美学が若者の行動に出て世界が驚いたこともありましたね。サッカーの試合が終わったら日本人のサポーターが観客席の掃除をして帰った。これが日本人の美徳ということのようです。このサポーターの行った行為が世界に放映され世界中がびっくりしているニースが放映されましたね。

この日本人の習性に習って人生の終局が近づいてきたら、身の回りをきちんと片付けて息子たちから良いオヤジだったと言われるようにしなさいと、それが終活が始まったことだと思います。少子高齢化が進む中、親が死んだらその家を誰も継ぐものがいない、空き家になって近所周りにも何かと迷惑がかかる。遺言書でも作って兄弟姉妹がもめることのないようにしておきなさい、との立派な教えから「終活」が普及し、今では終活をしない親はいい加減な親、世間知らずの親などと思われる事態になってきた。

終活で片付けておくべき主なものは、遺言書（遺書を含む）の作成、家の中のゴミのような財産の片付け、知人、縁人、友人などの区分やご縁の度合を書き出し。親類などの関係図、預金や保険証券等の債権の整理や統合、土地の地積図や地境の杭の確認、借金があればきれいに返済しておくなどとなります。

また子供がいなかったり、いたとしても遠方で常に行き来がなかったり、連絡が取れないケースもあります。近くに兄弟や親しい親戚もない場合は、終活を進めるにも深刻です。ボケたらどうしようか、夫婦どちらかが先に死んだらどうしよう、葬式もどうしようか、その後ここに1人でいようか老人ホームに入ろうかなど問題が次々と出てきます。

自分が死ぬことを想定して死んだ後のことをきちんとしておこうというのもこれまた結構な考えであるが、日本人には武士道が根付いた頃から、「死」を特別なものととらえてきた文化があります。「武士道とは死ぬことなり」とか「生きて虜囚の恥となる」などと捕虜になるぐらいなら自決しろ、などと死を美徳とする文化も育っていた。

その思想が今でも脈々と日本人の心の中に潜在的に生きている。

桜や紅葉の散り際などは、満開の時よりも心を打たれる風情として多くの歌に詠み継がれているし、テレビの時代劇の中にも死を美化する場面が多く出てくる。

しかし、所詮どのように考えようと、どのように行動しようと死んだら終わり。

パッと散ろうが、みっともなく死のうが、死んだ後しばらくすると誰も覚えてすらいないものです。自分の周りの人が何人も亡くなっていったのに、その亡くなった人たちのことをどれほど覚えているのでしょうか、命日どころか何年前のことすら忘れてしまう。自分が死んでも同じで何人の人が私のことを覚えていてくれるのでしょうか、それは期待しない方がいいです。

日本人の気持ちの中には「死んだ人はみんな許される」死んだのだから許してやれ、という立派な文化みたいなものがあるのですね。それは武士社会において腹を切って死んで詫びる文化から来ているのかもしれませんし、地域に張り付き、良くても悪くても助け合わなければ生きていけない生活を何十年何百年と農業を営んできた農耕民族、土着民の精神から生まれたものかもしれないと思うのです。

皆さんがたとえ過去の悪行が多かったとしても、死んだら許されることがほとんどです。ある人が言いました。「私の人生は後ろを振り向いてみたら、恥と不義理の山ばかり」と。しかしその失敗も不義理も私が死んだら全て許してもらえます。しかし「お前の悪行は孫子の代までたたってやる」などの言葉もありますので、極悪非道なことだけはしてはいけないですね。その意味で、いくら死んでも全てお終いだといっても70歳からの老春において極悪非道になることだけは避けなければならない。老春を満喫するためには、やはり失敗や不義理が発生することがあるかもしれませんが、出来るだけ早く解決するようにしなくてはなりません。あなたの余命はまだ20年はあるかもしれませんが、後ろが迫っていることは否定出来ません。いつ終わりになるかわからないので不義理の山は減らしておきたいものです。

お盆が近づき年男は暑中見舞いの名簿の整理をしていた。毎年欠かすことなく年始と暑中見舞いを出していたのだが、ぼちぼち整理しておかないといけないと思った。大半が昔仕事でお世話になった方で、今では年に一度も会うことなく無事の便りを出す程度になっていた。1枚ずつ名前を見ては1人うなずきながら昔を懐かしむ。

そんな折、賢治から呼び出しの電話が入る。

「中学を卒業して60年、77歳喜寿の祝い会をみんなでやろう」

年男が「そうだな急がないと同級生が次々死んでいくからな、最後のお別れ会みたいだな」と言う。

賢治が「12月に山本が死んだって聞いたがお前知ってるか」とみんなに確認すると

「聞いた聞いた。あんな元気だったやつが、信じれないよ。3月にお前の初恋だった順子さんがパート先のスーパーで倒れて救急車呼んだが間に合わなかったみたいで、俺あの時そのスーパーで買い物していたんだ。奥で何か大騒ぎしていると思ったら、順子さんだったと後で聞いてびっくりしたよ」と年男は言う。

賢治が「大動脈破裂とかやらで突然だったみたいだ。スーパーのバイトで食料品のパック詰めやっていたみたいだよ。あまり突然だったので今でも死んだと思えないぐらいだ」と、60年も前の初恋の人を偲ぶ。

年男が「お前、真紀夫が終活の話をみんなにしているみたいだが聞いたことあるか」と終活の話を持ち出した。

「あるある。遺言書だの遺書だのの書置きをしなければとか、財産の整理をしておくとか、えーと友達の連絡先を整理して葬式の時に連絡出来るようにしておくとか言っていたよ」と賢治。

年男が「やっぱりそうか。この前喫茶店で会ったら年賀状と暑中見舞いの整理をしなくちゃいかんと言っていた。今、俺も今年の暑中見舞いを出そうかどうかと思って名簿を整理しているんだ。あいつが変なこと言うし、こんなことが起きるから、なるほどと思うよ」長年やり続けてきた習慣を変えるのに悩んでいた。

賢治は、

「俺なんか会社辞めた時に退職の案内出して、それを最後に全部やめてしまったよ。今でも何通かは来るがもうこっちは出さないことにした。不義理かもしれないがこれも終活やな」

「なるほど俺も面倒だから今年からやめることにするかな」とうなずく年男。

賢治が、

「あ、喜寿の会のこと話すの忘れてしまった。俺が企画するからお前も手伝ってくれ」

「いいよ、ある程度決めたら連絡してくれ、それから真紀夫にも連絡しておいてくれよ」と年男。賢治が「了解、女の方の連絡は誰がいいかな」と心配すると、年男が「そりゃー明美でいいじゃないの、あいついつもスーパーで友達捕まえて井戸端会議しているから適任だよ」と勧める。

賢治も「そうだ、あれは顔が広いからな、聞いてみるよ」

こんなのも終活ですね。急がないと仲間がどんどんいなくなってしまいますね。当然増えることはありません。減る一方です。特に男はいけません。もはや「生死分岐点」です。

終活は基本的に面白くありませんね。過去の振り返りや今後の整理、次世代への申し送りですから、自分の面白い未来を考える時間ではないのですからね。

新しい終活の在り方を考えてみましょう。賞味期限は20年としましょう。後ろが決まっていませんので途中で終わるかもしれませんし、延長があるかもしれません。65歳の人もいれば70過ぎの人もいますが、今あなたの年齢から20年間を終活人生としましょう。

人生後ほど面白く、ぼちぼち味を出しながら、10年したら花を咲かせ、最後は味を出し切ってカスとなって終わりとする「終活大作戦」。

**【終活大作戦の始まりです】**

期間は20年です。4つに分割します。

最初の5年は修行、次の5年は上達、11年目からは名人（迷人）、最後の5年は達人。

## 「まず何を始めるかを決める」

今までにやり残してきたことをやっておく。
今までに憧れてきたことを始めてみる。
絶対に出来ないと思うことをやってみる。
後世に自分の存在を残すためのものを作る。

今まで何十年もの人生の中で、家庭の事情や自分の事情でやり残してきたことは、誰でもいくつかあるものと思います。子供の頃ピアノをやりたかったがお母さんが家が狭いからダメと言ってやれなかった。本当は野球をしたかったのに友達がサッカーと言ったので僕もサッカーすることになってしまった。山登りや魚釣りをしたかったが危険だからダメと言われたとか、お金がないから我慢しなさいと言われて育ち、その後は仕事に追いまくられてあれもこれもやらずに来てしまった。定年になってやってみたいものは、一般的に1番多いのは旅行ですね。47都道府県を全て回ってみたい、日本100名山を登ってみたい、海外旅行も出かけてみたいなどなど、2番目が食い物ですかね、あれも食べてみたいこれも食べてみたい、カニも肉も魚も食べたい。これだけはやっておかなければ、棺桶に入る時に後悔してしまう。思い残すことなく全てやって満足するのもいいですね。

俺は子供の頃本当はうなぎ屋をやりたかったのだが、うちはうどん屋だと言われ、仕方なくうどん一筋に50年もやってきたが、初心に帰り「俺はうなぎ屋を始める」なんていいですね。天然うなぎで週に3日のみの営業とする。これなら儲かることはないが楽しい商売をすることが出来る。人生の最後は家業や親の呪文から解き放されるのもひとつです。

また絶対に出来そうもないことに挑戦するのもいいですね。どう考えても出来そうにないことなんて世の中にごろごろしています。今この本を書いている私が芥川賞を取ると言っても限りなく冗談ということになります。学者や弁護士になりたいと言ってもさすがに記憶力がここまで落ちてしまえばもはや不可能に限りなく近いですね。ゴルフが趣味ですから、せいぜいホールインワンやエイジシュートぐらいは出来るかもしれません。プロにはなれなくてもプロもどきなら近づけますね。人生のやり残しは当然楽しいことを選ばなければなりません、ねたみや仕返しをするために残りを使ってはいけません。これは満足しても面白くはありません。後を面白くするためですから。

俺はこの世に生きてきた存在した証拠を後世に残したい。これもいいですね。自分の銅像を自宅の庭に建てたり地元の神社仏閣に多額の寄付をして名前を石に刻むぐらいなら明日にでも出来ますが、本や絵、彫刻などの芸術品を残したい、世の中の仕組みを新たに作り後世の人の役に立てるようにするとか、海外の発展途上国に支援の輪を作るなど本格的なものもあります。自分史を書いて俺はこんな立派なことをしてきたのだと家族に残すのも良いかもしれませんが、すぐに終わってしまいますから、これは最後の人生の出汁が出尽くしてからのことにしましょう。

### 「どう始めるかを決める」

学校や教室など教えてくれるところに通う。

1人で調べながら始める。

仲間を集めてグループで始める。

既にやっているグループに参加させてもらう。


などありますが一番簡単なのが習い事教室に通うことです。月謝を払いますので参加者はお客となりますから、丁寧に接してくれます。

最近はインターネットが普及して大抵のことは動画などを通じて配信されています。何かを始めようと思っても一般的な基礎はインターネットで十分に知識を得ることが出来ます。独学で勉強しながら一緒に出来る友達や学校を探せばすぐにでも開始出来ますね。もし必要な道具があれば、これまたインターネットで翌日には手元に届く時代です。

仲間を集めて始めるのもいいですね。SNSで友達を集めることも出来ますね。自分の周りにも高齢者がたくさんいます。皆さんそれぞれに人脈もあり知人も多くいます。声をかけて集めるのも良いですし、地元ミニコミ紙に広告を載せるのも一案ですね。まずは行動すれば人は集まるものです。

各市の文化協会や体育協会では参加者を募集していますね。自分の住んでいる市の広報を見て探し出すのもいいかもしれません。市からの補助金をもらって運営されていたりしますから意外と参加しやすいですね。またそこで知り合いが出来れば他の団体の情報も入ってきます。門をたたけば開かれる時代です。


**「途中でやめれない仕組みを作る」**


家族や友達に決意表明する。

団体に所属してやるべき日を先に決める。

道具などに金を使ってそろえてしまう。

入会金や会費を年間分支払う。

仲間を作り励まし合えるようにする。

何を始めるにしても、全て自己責任ですからスランプが来るといつの間にやらやめてしまうことになります。いわゆる三日坊主という現象です。この三日坊主にならないために、もし三日坊主になっても、すぐに立ち直れるようにちょっと工夫をしなくてはなりません。今までの仕事は家族を養うために我慢したり苦労したりしながら、三日坊主なんてことを言ってはおれない日々でしたが、これからは全て自己責任ですから、雨が降ったらやんでからにしよう、今日は暑いから、今日は寒いから、今日は疲れているからと言い訳を探せばいくらでもやめる理由は出てきます。心の小悪魔がささやきます。「坊主を3日やったら修業がつらくてやめてしまった」あなたもやめて大丈夫、坊さんでもやめたのだから、あなたがやめても仕方がないことですよと。

この3日坊主にならないために「公言実行」が大事ですね。特にお孫さんがいれば「爺ちゃんは今日から○○をやる」と宣言することですね。孫には嘘はつけません。奥さんに断言しても役には立ちません。「あーまた言っている。どうせすぐにやめるのに」と口には出さずに思われるだけですから。

やるべき日にちを先に確保することです。カレンダーや手帳のスケジュール表に書き込めば「今日はやりたくないな」と思っても、みんなが来るからちょっとだけでも覗くか。となり、覗けばやることになる、日程を決めるのはとても成功に近づくことですね。

次は道具をそろえてしまうことです

何をするにも何らかの道具が必要になります。絵なら絵具と筆、テニスならラケットと靴、ゴルフならクラブと靴などですが、最初は借り物でなんてと思っていると続きません。何事も「退路を断」たないと成功しません。お金をかけ道具をそろえると気持ちが乗ってきますね。この上向きの気持ちが大切なのはわかりますね。道具は初心者用でいいから必ず先にそろえるのが成功のカギとなります。

金を注ぎ込んでしまうのも一案ですね。私もそうですが、金をかけたものは「元を取らないと損」という気持ちが働くものですね。特に物がない子供時代を過ごした今の年寄りにはこの先銭《さきぜに》は効きます。出来ることなら月謝ではなく年間分の会費を払ってしまうとか、預託金を積ませるなどすると離れられなくなります。

一緒にやる仲間を作るのは継続の要ですね。

継続するのに最も有効な手段が仲間作りであることは誰でも理解出来ますね。1人では継続出来ないものも、友達と一緒にやれば、競い合ったり教え合ったり励まし合ったり、同じ喜びや悲しみを共有出来ますね。何か継続出来ない困難が生じても、何とかして出来るようにならないかと、お互いに知恵を出し合い、励まし合うことが出来ます。しかも相手のことを思い、自分から先にやめるとは言い出しにくいですから、継続の歯止めになるのです。共通の趣味は同類の友を呼び友は同類を呼び寄せる。魔法の鎖です。

どのように決めるかは全くご自由にですが、面白くしなくては意味がありません。全ての責任は自分だけです。やるのもやめてしまうのも自己責任です。うまく行っても行かなくても楽しくても面白くなくても、全て自己責任です。全くの自由ですから、どうなっても誰も怒りませんし責任を取ることもありません。他人様に、大きな迷惑がかからない程度のことだけ注意が必要ですが、小さな迷惑は仕方がありません。

年男が賢治に「お前は真面目だな、子供の頃はもっといい加減だったのに」

「俺は会社でずいぶんたたかれたからな、いい加減な性格でずいぶんひどい目にあったよ、どうでもいいわずかなことで上司はすぐに怒ったからな」と現職時代を懐かしむ。年男も「いたいた。俺のところにもそんなのいたよ、今ならパワハラだよ」と薄笑いをする。賢治が「今の若い衆ならとても続かない。辞めてしまうね」と相槌をする。

「お前、会社辞めてからも、そのきちんとした性格元に戻らないね」と自分がいい加減になった状況を思って言うと、賢治は「自分でも嫌なんだがもう習慣になってしまったよ。前日の夜になるとビール飲みながら明日は、あれしてこれ片付けてと紙に書き出すんだ。やだね、自分でも何やってんだよと思うけど、明日になると忘れてしまい、あれ今日は何やるんだったと、ひとしきり悩むことになるから書き出しておくのだが、どうでもいいことばかりで、この性格何とかならないかと、それでまた悩んじゃうんだな」と自分を愚痴る。

「ご苦労なことだね（笑）」と年男。

賢治が「お前血液型O型だったな。俺はA型だからな。A型は元々細かい性格だから死ぬまで治りそうもないな」と、先日読んだ週刊誌のネタを思い出す。

年男が「死ぬまで血液型は変わらんからな、終活もきめ細かくやるんだな、その内に味が出てくるよ」と言うと、賢治が「味が出る？　味ならいいが加齢臭でも出てこないか心配だよ」と言うので年男は自分のことかと心配になり、

「加齢臭か俺も心配しているんだ、孫に嫌われるといけないからな」

孫に会うたびに心配している賢治は、

「そうそう孫に言われたら最悪だぞ、何か振りかけた方がいいかな……それスーパーの化粧品売り場にあったよな……」

# 第７章　成功と幸せの定義なんてない

## 老いたライオンの一言

若い時、会社を牽引し、社会に羽ばたき、家庭を守り、子供を育て、周りからも期待され頼りにされていたあなたは、まるで大草原の中のライオンのように鬣《たてがみ》をなびかせ肩で風を切って威風堂々と活躍していましたね。しかし、今ではその役割も終わり、守るべきものも少なく期待されることもほとんどなく、所属するところも安定しない。年老いたライオンが仲間から見捨てられ野を放浪している。大草原の中にぽつりと風に吹かれて立っている姿に似ていませんか。目の前に現れたシマウマを見ても「足が速そうだな。俺には獲れそうにもない」ヌウが来ても「あいつは角があって危ないな、飛びかかって角に当たれば怪我をしそうだし、象やサイなんてとんでもない。どこかに動けなくなったシカや小さなウサギでもいないかな……」と思う日々。

「あ、若いライオンの家族が近づいてきた。邪魔にならないように後ろに下がるとするか、獲物を獲ったら俺にも少し分けてくれないかな？　子供がたくさんいるから俺のところには回ってきそうもないな」

どこか人間の社会に似ていますよね。先日テレビで放映していた、ライオン家族の記録を見ていた時に感じたことです。

「グズグズ・グズグズグズは優柔不断のなせる業」とゲーテは言いましたね。この言葉は若者への言葉ではありません。もう先がないと思っている方への言葉です。グズグズしていたら面白いことをもたらす幸せの神様が、あなたの目の前を通り過ぎてしまいます。

幸せの神様を捕まえるにはちょっとしたコツがありますがご存じですか。

歩く時は用がないのにもかかわらずサッサと歩くこと、何でもサッサとテキパキやる習慣が大切なんです。定年後グズグズに慣れてしまい、テキパキやらなければならない時が来ても、愚図な体質が身に付いてしまっており行動出来ません。神様は愚図が本質的に嫌いなのです。愚図は自分に止まった蚊さえたたき落せなくなり幸せの神様を捕まえることなどとても出来ません。健康にも繋がることはありません。

食べ物は好き嫌いを言わずに何でも食べることです。人間の食べ物は他の命を頂くことです。命には神様が宿っているのですから粗末にしてはいけません。結果として栄養のバランスが良くなり健康に繋がると昔々教わりました。

やりたいことはためらわずに何でもやってみることです。何かをしようと思えば身体を動かすか頭を使います。行動は人間の基本です。結果が良くても悪くても結論が出て、もやもやが消えてストレスが溜まりませんね。

幸せの神様は毎日平等に皆さんの目の前を通り過ぎるそうです。同じだけ不幸の神様、いわゆる貧乏神も我々の前にやって来るそうです。その次々に来る神様の中から幸せの神様だけを選び出し、後ろ髪をサッと捕まえなくては幸せになれません。皆さん準備はいいですか、人生の最後を面白く過ごすためには「ボーっ」としてはおれませんよ、目を見開いて耳をそばだて頭を全開して、毎日を過ごさなくてはいけません。

以前に何度も言いましたが「あれも出来ないこれはやりたくない、そんなもの食べれない、人目が悪くて恥ずかしい。みんながやるなら俺もやる。年甲斐もなくそんなことみっともない。みんなに迷惑がかかるから申し訳ない」こんな消極的なことでは幸せの神様を捕まえることなんてとても出来ません。

70年も生きてきたから、色々な言い訳も上手になりました。やらなくてもどうなりそうか結果が想像出来るようになりました。色々やって今まで怒られたり恥もたくさん掻きました。つまらないことでお金も色々使い、元が取れないことも学びました。経験だけは山ほど積みました。ですからもう自己規制をしている時間はありません。何せ先が短いから他人なんかに合わせている暇なんてありません。一緒にやってくれる方と、いないなら自分1人でも何でもやるしかありません。棺桶に入る時に後悔しないように。子供の時青年時代にやり残したことは、誰でもあります。家庭の事情で、自分の都合で、気が弱かったから、金がなかったから、時間がなかったから、知識がなかったから等色々な事情でやれなかった。やりそこねた。やらずに悔しかった。後悔したことが残っているはずです。必ずあります。若い時のようにうまくは出来ないが、やらずにこの世を去るのでは成仏出来ません。後悔しながら死ななくてはなりません。そんなことは私は我慢ならない、あなたも本当は我慢したくないですね。もし我慢出来るという方がいるなら、それはただの人生の負け犬でしかありません。

成功と幸せは、似通っていますが非なるものであります。人は物覚えが付いた時から成功を求め幸せを探して長い人生を送っていくものですが、その途中で自ら命を絶ってしまう人も多くいますね。どれほどの人が人生の半ばでこの世を自らの意志で去るのかご存じですか？　日本全国で平均的に毎年3万人もの人がいるのです。動物の中で自ら命を絶つ動物は人間だけです。不幸な動物なんですね。男女で見てみますと男は女性の倍も死んでいます。世の中男女平等にと言っていますが、女性の方が守られていますね。それにもかかわらず女性は地位向上を叫びます。自殺は悩みが多いから死ぬのですから、女性もわざわざ悩みの多い世界に入ってこなければいいのにと思います。平均寿命も女性の方が断然長いですね。男性の方が苦労が多いのだと思うのですが、女性はこの分野でも苦労をわざわざ求めて社会進出をしてきます。社会進出に成功して幸福になれるとは決まっていません。女性の自殺者が今後増えることのないように願うばかりです。

成功とは自分が立てている目標が達成された時に成功感を持ちますよね。勉強でいえば学習したことの試験をして好成績を取れば成功を感じますね。同時に幸福感も味わいます。登山では山頂に立てば頂上を制覇した成功感と幸福感を同時に味わいますし、スポーツでも日頃の練習の努力で思いどおりの結果が出れば、苦しい練習の成果が喜びに変わりますね。こう見ると成功と幸せはセットのように見えますが、決してセットではありません。

成功すれば幸せを感じますが、長く持続する幸せもあればすぐ終わる短い幸せもありますね。満腹感やテストの100点などは毎日来る小さな幸せですね。土砂降りの雷雨に遭遇した最悪の時でも雨宿りが見つかれば喜びが湧いてきます。人間はどんな境遇の時でも常に幸せを探して生きているのです。

成功や失敗はある程度白黒がはっきりしていますから「あ、あの人失敗した」とわかる時は、その周りの人から慰めの言葉をかけたり励ましたりされます。成功や失敗は他人でもわかるが、幸せや不幸であるかは自分でしかわかりません。よって幸せは定義があいまいで人それぞれによって幸せ感が大きく違うことになりますね。

結婚にしても幸せ感は結婚した本人はもちろん、その結婚式に参加している参加者によってものすごく差がありますね。地位や名誉に至っては成功者の称号みたいですが、その幸せ感はその取り方によって天地ほど違ってきます。生死感に至ってはその時の時代によっても男女によっても民族や所属宗教によっても全く違ってきますね。人を殺して勲章をもらう人もいれば殺人罪に問われる人もいる。幸せとは何かは実に不思議で人類永遠のテーマとして今後も続くのでしょうね。今はやりのＡＩがどんな回答を出すか聞いてみたいものです。

ＡＩや哲学者が結論や回答を出すのを待つ時間はありませんので、私は自分自身が最後を迎える時には幸せな人生だったと思いながら終わりたいものです。

若ければ運動などしなくても毎日元気に過ごせます。体力もあり風邪もひきませんし食欲もあり、病気にもなりませんし、なっても1日2日ですぐに回復します。しかし年を取ったらそうはいきません。ひざが痛い、腰は痛いし肩は凝る。風邪をひいたらなかなか治らない肺炎になりそうだ。食べ過ぎて消化不良になった。胃酸が逆流して夜も寝れないなど毎日のように病がやって来る。

医者に行ったら薬をくれた、シップをくれた、リハビリにマッサージに来いと言われた。医者の儲かることばかりで、年金生活者は小銭を巻き上げられて、お礼まで言わなくてはならない。

そうですね。老いを知らない、経験したことがない若いお医者さんから、老人障害について、ああしなさいこうしなさいと教えをこうむるなんて変な話ですね。何も知らない若者に経験豊かな高齢者が老いの過ごし方を教わるのですよ、あなたこんなこと納得出来ますか。おかしいと思いませんか、私は理解出来ませんしとても納得出来ません。

脳血栓やガンなどのように検査しなくてはわからない病気は仕方がないですが、身近な大部分の病気や身体の不自由な状況は、本人が一番よくわかっていることですよ。

若い経験のない医者の言うことなんか聞かずに、自然治癒を期待して健康管理の運動に努力しなくて、体調不良になるのは当たり前です。腰が痛い膝が痛い、痛いから動かない、医者はシップを出してマッサージを進める。対症療法で根本的に治ることはない。「先生楽になりました。ありがとうございました」と言って治療費を払う。翌日また腰が痛い、当然ですね。痛み止めと硬くなった筋肉を少しもみほぐしただけなんですから、治したわけではないのですから。「痛いですか、あまり動かないようにしてください」「わかりました。じっとしています」「先生が動くなと言われたから、動いてはいけない」と言って家に閉じこもる。痛い腰はますます弱く硬くなり、痛みは連日続くことになる。

軟骨も減り筋肉も弱くなったのだから仕方がないとあきらめる。弱くなったら強くすればいいのに努力はしたくない、グズグズ寝ながら治ることを願い医者にかかる。医者は決して言わない「筋肉がびっくりするほど運動すれば治る」とは。治ってしまえば医者の仕事がなくなってしまうから。ぐうたらな人間は医者にとっては実に都合の良いお客なのである。あなたはお医者さんの銭儲けの鴨になっていないでしょうか。

腰が痛いのも膝が痛いのも、風邪をひくのも、ボケるのも、そんなものは自業自得のなせる業なのです（チョット言い過ぎです）。「あなた自業自得と言いますが、自業自得でなくても痛いものは痛い。痛くて動けない、痛い痛い痛いんだ」いい加減なことを言うなという声が聞こえてきます（笑）

今日から運動、運動、運動、運動しないものは飯食うな、食わせるな。ジジイもババアも外に出なさい。お寺巡りのご朱印帳でも名所旧跡巡りのスタンプラリーでも、ラジオ体操の出欠確認帳でも持たせて出席した者にだけ年金という給料を払うことにすれば、年金基金も余裕が出来、医療費は減少し、減った医療費で本当に困っている人に手厚い医療を施せば老活日本となるのだと思う（勝手な持論）のですがどうでしょうか。

腰が痛いのも足が痛いのも、歯が痛いのもガンで痛いのも痛さに変わりはない。命にかかわる痛さも命には関係ない場所の痛さも痛さには変わりはない、死にたくなるほど痛いものは痛い。

「神様お許しください。何でも言うこと聞きますから許してください」と苦し紛れにお願いするのだが、痛みが消えるとこの願った神様との約束も懺悔もするっと忘れてしまい、神も仏もどこへやらである。人間とはまっこと都合のいい生き物である。年を取っているのだから忘れるのは得意なんです。

年を取るとジジイはだんだん頑固になり、思い込みが激しくなり人の言うことを聞かなくなるといわれます。今までしてきた多くの人生経験の中から勝手に判断して独自の価値を生成するからだと思うのですが、自分にとって都合のいいことだけが記憶に残り不都合なことをどんどん忘れてしまうのでしょうね。私も毎日のように思いますがこれが一番危ないのです。

「神様は思い高ぶる人より去り、謙虚でひた向きな人に微笑む」のでしたね。ニコニコしているオババ様のところには人が寄るのに、ムッツリジジイのところには人が寄らない。だからなおさら腹が立ち、謙虚さがなくなって人が去っていく。去っていくからさらに腹が立つ。もう悪循環の連鎖ですね。謙虚につまらないことにもひた向きに行うことが、面白い最後の人生を過ごすには必須ですね。

腰は痛いし膝も痛い、寄り添う人もいないし役に立つこともない。良いことどころか、何が「人生後ほど面白く」だ、腹が立つことばかりで謙虚になるなんてとんでもないことだ。

では人が思い高ぶる時はどんな時かですが、まずは過去を語る時などがありますね。昔は足が速かった。学年でいつもトップだったと半世紀も前のことを昨日のように話す。会社では支店長をしていて、毎日のように接待で酒びたりだったよと、自慢とも今の自分の惨めな境遇ともつかぬようなことを話す。酒に女にカラオケが俺の三種の神器で、いわゆる5時から男、夜の帝王なんて呼ばれていたよ、と王様が乞食になったかのごとき思いをはせる。ゴルフなんてシングルで90なんて打ったことなかった。毎週のように接待通いであんな遊びは飽きてしまったよと嘘ぶいたり、公務員やっていてその功績で勲章もらったんだ、といかに自分が立派に働いてきたかを飾り立てる人もいる。

過去をどんなに飾り立てたからといって、現在を飾ることは出来ない。「ほーそうですか。すごかったですね」と他人は一応社交辞令で驚いたふりをしてはくれますが、内心では「で、それがどうした。今ではどうしようもないただのジジイではないか、今何が出来るの？　ニュースを見て愚痴をたれることぐらいしか出来ないくせに」と思われるだけで、他人の調子の良かった時のことなど聞いてみても全く面白くも楽しくもないし、尊敬の対象にもならないのです。

中には「俺は勲章持ちだ」誰か言ってくれないかと思っているが、誰も言ってはくれないから我慢しかねて自分から「皇居に叙勲に行った時は……」と自ら誘い水を出す始末、もうみっともない極地である。

かつて世界の歴史を歌で変えたビートルズがいました。若き私も熱狂した覚えがあります。英国の経済を救い歌で歴史を変えた功労で大英勲章をいただいた時、第二次世界大戦の功労で勲章をもらった軍人が「こんなロングヘアーの歌うたいのもらうような勲章は返上する」と言って勲章を返したそうです。そのことを聞いたビートルズは「私たちは人を殺すことなく国家に貢献しました」と言って、叙勲を素直に受け取ったそうです。

幸せの定義はギリシャのソクラテス以来、洋の東西の哲学者が探し求めてきましたが未だに出されていないようですね。戦争の時敵をたくさん殺した人が英雄となり、平和な時は犬猫をいじめただけで虐待と言われる。幸せは地位や名誉とは関係ないようですね。日本の叙勲制度も抜本的に考え方を変えた方が良いと思うのですが、これは役人の利権・特権ですから当分は変わりそうにありません。人生の終わりがけにもらえる勲章を待ち望んでいる方も多いみたいですしね。

人生が終わりに近づくと、いよいよ最後の面白さが待っている。まさに死に直面する時である。私もそうであるが多くの人が親や祖父母、恩人や知人の最後に向かい合ったことがある。私のように死の近くまで行って戻ってきた人も多い。だけど最後まで行くのは1回だけであるから、死がどんなものであるかは誰にもわからない。ぐずぐずと時間をかけて逝く人もいれば、突然ポッと死んだことすらわからずに逝く人もいる。

突然のポッは本人にとっては自分が死んだのか、生きているのかさえわからないのであるから、恐怖も味わいも何もないので、嬉しい反面残念なことでもある。かといって余命半年ですなどと医師から宣告され、後幾日かとカレンダーに印を打ちながら、何が起きるかわからない恐怖におびえ、その日を迎えるのもどうかと思いますが、これは神様が決めることゆえ自分では何ともならないことですね。

時間をかけながら去っていった多くの人を見てきた。情けない、惨め、後悔、反省、怒り、感謝、涙に笑い、ありとあらゆる感情が毎日のように襲ってきては去っていく。最後は自宅で終わりにしたいと医者に申し出る。そして、「では自宅で暮らせるように一時外泊で練習してみましょう」これが最後の外泊となることが一般的みたいですね。

しかしこれからの高齢者の増加は病院では入居し切れずに、いかにして自宅治療で過ごさせるかが主流となるようです。年老いた妻が死期を間近に迎えた旦那を自宅で見送ることになりそうである。良いのかどうかは別として仕方がないことのようです。

しかし、このように医師や家族に見守られながら手を尽くされて最期を迎えることが出来る行き届いた国は世界にはそれほど多くはありません。日本は今のところ本当に幸せな国であります。

さらにテレビドラマのように最後に家族に看取られ、手を取り合って消えゆく意識の中で面白かった人生を振り返りながら旅立つことが出来たら、本当に最高の面白い人生だったと言えるのでしょうね。私の思いと想像でしかありません。

# 第8章　人生の味を出し切って終わる

昼下がりの中ウトウトとソファーに寄りかかっているとテレビの歌番組の中から、過去にお世話になった人々の温かさ、この広い世界で妻や子供などと巡り合えたことは奇跡としか思えない。長い人生の内には絶望することもあるがそんな時でも助けてくれる人がいる。そして本当の幸せは何気ない日々の中にあるものです。そしていつか必ず全ての人がこの世の中を去っていくが、あなたの命は未来に繋がれていきます。この世に生まれてきたこと、多くの人にお世話になったことの全てに感謝をささげる。こんな内容の歌が流れていました。

皆さんも人生を振り返ると、お世話になった方がどれほど多かったかと感慨深くなると思います。これらの全ての人に「ありがとう」と言いながら終わりたいと思っているのですが、この大往生したいと思うのは誰しも異論はないと思います。今生きている人は死んだ経験がありませんから、この世を去る時の気持ちは想像するしかありませんね。私もすぐ近くまでは行きましたが最後は知りません。突然死以外で死を迎える人はボケていない限り何がしかを考えながら死んでいくのですね。「喜怒哀楽」喜び、怒り、悲しみ、楽しみなどの感情表現がありますが、この4つの感情の中で楽しみは一般的にないのではと思います。あの世に行く楽しみですか、信仰心の高い人なら神様のところに行く楽しみが出るのかもしれませんし、先に逝った友達や家族にそして先祖に会える楽しみがあるのかもしれませんが、凡人の私のようなものには、死ぬ恐怖の方が1位でその次にもう少し生きていて、あの人に最後に会いたいとか、もう1度あれ食ってみたいなどの欲望が占め、3位には残念、寂しい、悲しいと未練が続くのだと思います。そして最後に「ありがとう」という感情がやって来るのだと思いますが、その時は声も出ずに後悔して終わる失敗の姿を想像してしまいます。煩悩の塊のまま終わるのだと思います。

人生を70年もやってくると、人の死に目も多く経験しますね。今この本を手にしている人はまだ死んではいない方に所属しています。境界線は間近にありますが、見ることが出来ません。なぜなら生死の境界線は断崖絶壁になっているからです。すぐ直前まで行かないと見えないのです。たまにお医者さんから「余命3か月ですよ」と言われて、境界線が目の前にあることに気付かされることがあるようです。私もすぐ近くまで行ったのですが、気が小さいもので後ろに下がってしまいました。あれから15年近づかないように注意を払っています。きちんと学習しました。

この境界線は一度越えてしまいますと断崖絶壁ですから2度と帰れないことになっているようです。そこでまだこの線を越えたことのない方で、想像力が強い方が断崖の先の世界のことを色々話してくれます。信じるかどうかはご自分で決めることです。どうせ近い内に全ての人が漏れなく間違いなく、ご自身で見ることが出来ることです。私の貧弱な想像力では残念で寂しいことですが「何もない死んだら終わり」だと思いますので、断崖の先に逝ってからの未来をどうこう楽しむより、断崖に落ちないこちら側にいる間にめちゃ面白くありたいと思っています。

最後の最後になって笑いながら死ねる人、満足して旅立つことが出来る人、悩みながら死ぬ人、心配しながら死んでいく人、悔やみながら死んでいく人、怒りながら息を引き取る人、死にたくないと言いながら死んでいく人……最後の最後まで色々な生きざまがありますね。

「往生」の共通語として「成仏」という言葉がありますが「苦しむことなく穏やかに死んであの世に旅立っていった」ということでしょうかね。しかしこの成仏には対義語がないように思います。不成仏ですかね。未練をこの世に残して死んでいき、あの世に行くことが出来ない。死ぬには死んだが成仏出来ない。そこで葬式で坊主がお経を唱えて、この世との縁を切って心穏やかに憂いなくあの世に出発出来るように、この世との区切りで葬儀を行うみたいですが、今のような平和な世の中であっても大往生して成仏出来るのは凡人は凡人なりに難しく、多くの人が仕方なく旅立っていくように思われます。何の心配事もなく全てに満足して笑いながら家族に見守られて死んでいく、なんてことはテレビドラマではありませんので数%のことで実に難しいことですね。

どれほどの確率でしょうかね。今までにこんなこと計算した人はいるのでしょうか。当てずっぽうですが計算してみましょう。

統計からみると突然死は10から20%だそうです。ボケてしまえば満足も未練もありません。日本人のボケる割合は80歳台で40%ありますから、単純に合計すれば60%近くの人が、悔やむことなく死んでいくことになります。もちろんポックリ死とボケがダブる人もいることでしょうから、色々考えながら死ぬ人は50%程度だと思われますね。このことから若くして死ぬほど悩みながら死に、高齢になるほど何となく死んでいく構図が見えてきます。

出来るだけ長生きして最後はボケてしまって死ねば最高の死に方かもしれません。多くの人がボケるのだけは嫌だと願い、ぽっくり死にたいと思っていますが、内心出来るだけ長く生きていたいというか死にたくないと思っている。長く生きていればボケる確率は高くなり心筋梗塞や大動脈破裂のようなポックリで死にたいなら美食で高カロリー、酒も満足いくまで飲み、運動はしないように日々だらだらと過ごさなくてはならない。運動はしたくないが健康でありたい、おいしいものは毎日食べたいが肥えるのは嫌だ、ボケるのは嫌だが、しかし頭を使う文化的なことはしたくないなど、所詮人間は矛盾に満ちた動物なのであることがわかります。

多くの人が最後の最後までボケることなく、ガンにかかって苦しむことなく、家族に見守られながら眠るように自宅で死にたい。いわゆる天寿全うを自宅で迎えたい、と願っているがこの確率は数%しかないように思われます。しかも自分の意志では出来ないことでありむしろ望まない方がいいですね。

このボケたり、ぽっくり死以外の50%に選ばれた人を分析してみますと、自分の置かれている状況で往生という、満足しながら感謝して、笑いながら死ねる人のグループと、不往生という心配、怒り、悩み、悔しさの中で未練たらしくこの世を去るグループに分けられる。本当はもう1つうつ病になって自殺するもありますが、これはボケるよりいやなことですから考えないことにします。あなたはどちらに入れてもらえるのでしょうかね。ちょっと暗い話になってしまいましたが人生最後は面白くではなく、最後に至る少し前までは面白くです。直前まで面白くするのは確率的に難しいです。

つらつらと思い付くままに書き出して最後のページに来てしまいました。私も75歳、戦後生まれの団塊の世代の中、まだ我々の中には戦前の教育文化がいくらか引き継がれています。親も先生も戦前教育を受け戦争体験者であったからです。いくら時代が変わって教育方針が変わっても、人間の本質や民族の文化まで変わったのではないのですから、戦後生まれの我々にも多くの人生感や社会的価値観が引き継がれています。敗戦により戦前の考え方が全面的に否定され西欧教育の在り方が全て良いかのように進められてきましたが、決してそのようなことはないと思います。我々日本人は戦後の教育の中で千数百年に亘って育んできた日本人の精神文化をたくさん失くしてしまったようにも思いますが、決してなくなってしまったわけではありません。

徳久は寺の跡継ぎとして生まれ、そして宗教大学を卒業してこの天心寺を継いだ。４００年も続く地元では有名な寺の住職である。その徳久が年男とのやり取りの中で、

「かつて日本文化は宗教家が築いてきた。中国から文字も農業も社会制度も宗教などの文化も僧侶が持ち込んできた。そして日本の中でそれらを醸成し日本独特の文化を築き上げてきた。日本の天才的文化人は僧侶になり、未知の世界がある中国に向かって命がけの旅をして日本に新たな文明をもたらした。当時の僧侶は本当にすごかった。僧侶がすごかったというより今でいうコンピュータやロケットを作るような優秀な人間が僧侶になった時代であった。坊主の世界も世の中が安定し寺が世襲の対象になってからはだめになっただけである」と語った。

年男が「徳久、そうだな。明治になり西欧文化が入ってきてから、坊主の存在感はどんどん薄くなり、今では葬式坊主になってしまったね。今では大手葬儀屋の手先みたいになってしまい、日本文化の覇者としての面影はなくなってしまったね」と言うと、徳久も「平安時代から続く僧侶による日本文化の形成は、数百年の歳月によって日本固有の文化となり、江戸時代の鎖国によってじっくり醸成されたのだが、突然の黒船の来航により時代は明治にひっくり返り、西欧万能主義によって日本文化と西欧文化はかきまぜられ、最後は先の第二次世界大戦の敗北で古来から醸成してきた本来の日本文化は、決定的に打ち砕かれてしまったよ」と、日本宗教文化の変遷を嘆く。

「そうだね、それでも民衆の間には日本人の基本的な民族としての文化が生き続けているよね」と年男が民族に溶け込んでいる状況を思うと、徳久が、

「確かにまだ生きているが、もはや瀕死の状態だね。日本人は世界に稀に見る真面目で礼儀正しく、他人に迷惑をかけないように。身内にも気を配り、先祖も大切に祭ってきた。しかし、今では家族も核家族になり、親の法要をする人すらも減り、お墓も新規に立てるより墓じまいする人の方が多くなった。日本の仏教も後何年持つかわからなくなってきたよ。天心寺も400年の歴史があるが、俺の代で寺じまいになるかもしれないとこの頃思うんだ」

と寂しさをにじませる。

寂しいことが嫌いな年男が「そうか、お前俺より長生きしてくれよ、俺の葬式を出してから死んでくれ、でないと俺は困る」とちゃかす。

徳久は、

「それはわからんな、神様でも仏様にでも頼んでくれや（笑）」

日本は古来から教育にはとても熱心な民族でした。たった1度の敗戦によって文化そのものが否定されたようになりましたが、今では日本文化が無形世界遺産に取り上げられるように、人間教育についても世界に誇れる民族文化があったのだと思います。戦前の教育の基本であった教育勅語などは、今我々が読んでも十分納得出来るものだと思います。親兄弟家族仲良くし友達を信じ合い、勉学や職業に励み社会の発展に貢献出来るような立派な行いが出来るような人間になりなさい。という内容で実に具体的に書かれています。今の教育基本法は、人格の形成を目的とし平和で民主的な国家を作る国民の育成を目的とする。となっており、教育される側から見ると「人格の形成」何をどうすればいいのかとはっきりしないですね。

日本文化の形成も長い歴史の中で、殺し合いもありました、飢餓もありました、天災などの悲劇もありました。こんな中から育まれてきた文化です。人の助けになれる人間になれ、社会に役立つ仕事をしろ、嘘はいけない、人のものは盗んではいけない、傷つけてはいけない、殺してはいけない。間違ったことをしたらきちんと謝り責任を取る。ご飯は多くの人の苦労により出来たものだから感謝して食べなさい。今日のあなたはこの食事をいただくだけのことをしたか反省してからいただきなさい。などと食事をいただく五観の偈《げ》（５つの文）なるものもあり、お金や経済原理だけで片付けられないものを日本人は育んできたのに、今ではそれらが失われていくのは残念なことであります。

毎日のニュースに出てくるオレオレ詐欺も、児童虐待もいじめ問題も根っこは同じところにあるのではないのだろうか、西欧諸国の教育文化を研修するより日本古来の各藩で行われていた藩校の教育理念を見るのも一考だと思います。

前にも言いましたが他人を変えることは出来ないし、ましてや成熟化した社会を変えることなどとても難しいが、４分の１ほどになった自分の人生を変えていくことならまだ出来る。「人生後ほど面白く、いい味出しながら、最後には味を出し切って終わりたい」

# おわりに

この原稿を書き終えた時、緊急入院となってしまいました。年のせいか運動のし過ぎか原因は不明ですが、猛烈な目まい、息切れ、立ち眩みに動悸が激しく、10メートルも歩けなくなってしまいました。真っ黒な便が出て血液が消化器官のどこかで漏れてしまいました。病院で血液検査をしたら赤血球が通常の半分以下となり輸血と点滴で2週間の隔離となってしまいました。おっちょこちょいのお調子者の私は「過ぎたるは猶及ばざるが如し」と言った孔子の教えを忘れ、真面目に一生懸命身体を痛め過ぎたと反省することとなりました。

15年前、2度に亘ってガンの患いをした時の反省で、体力作りを始めたつもりが逆効果となってしまいました。しかし、今回入院して点滴だけで6日間全く運動しないで7日間の2週間も、病院の中で過ごしました。退院後すぐに普段の生活に戻れたのは、今まで体力を付けてきたおかげだとも思います。

この経験は、きっと神様が「病がまた新たな世界を開いてくれる」準備のために、病気を与えてくれたものだと感謝しています。皆さん「やり過ぎには少しご注意」してください。

「エイジズム」という言葉を聞いたことありますか。年齢に対する偏見や差別をなくそうという意味のようです。

先日電車に乗りました、急いで乗車したので入り口近くのシルバーシートの前に立ってしまいました。そうしたら高校生が「どうぞ」と言って私に席を譲ってくれました。「しまった」と思いましたが時すでに遅し、高校生の勇気ある親切を裏切ることは出来ません。「ありがとう」と言って席に着きました。毎日1万歩以上を歩くことが日課の私には座ることなどとても許されることではありません、本当は「立っていることが好きなんです」と言いたかったのですが申し訳ないことをしてしまいました。

どこに行っても「どうぞお座りしてお待ちください」と言われる。そのたびに「大きなお世話だ」と思う毎日です。

最後までお読みくださいましてありがとうございました。同じようなことが何度も出てきますし、お気に障ることも多かったかと思います。何せ75歳の執筆ですから少々くどくなったと思います。最近、自分より先輩が書かれた本にはなかなかお目にかかれません。

私の若い時代には「1歳違えば虫けら同然」などと先輩が威張る風習がありました。その観点から言えば、何をどのように書こうがもはや文句を言われる年齢ではありませんので、好き放題に書いてみました。75歳以上の先輩の方には失礼な言い回し等「まことにごめんなさい」と、この場をお借りしてお詫びいたします。

〈著者紹介〉

**森久士**（もり ひさし）

1948年生まれ。1978年税理士登録。

2002年、税理士法人スマッシュ経営設立、21年9月退職。

2007年、09年胃がんで胃袋全摘。

62歳からマラソン、登山、ボウリング、テニス、ゴルフ、絵画、執筆を始める。

著書一覧

『胃袋全摘ランナー世界を走る』『60歳過ぎたらボウリング』

『にっこり相続がっくり争続』『輝け！団塊世代の老春』『神様とのお約束』

『キッサマーメイド』『やもりのやっちゃんとの1しゅうかん』シリーズ

SF宇宙小説『Uリターン』

SF宇宙小説『リップ―Rep―』

# 人生後《じんせいあと》ほど面白《おもしろ》い
# 味《あじ》が出《で》るのはこれから

2023年12月11日　第1刷発行

著　者　　森久士
発行人　　久保田貴幸

発行元　　株式会社 幻冬舎メディアコンサルティング
〒151-0051　東京都渋谷区千駄ヶ谷4-9-7
電話　03-5411-6440（編集）

発売元　　株式会社 幻冬舎
〒151-0051　東京都渋谷区千駄ヶ谷4-9-7
電話　03-5411-6222（営業）

印刷・製本　中央精版印刷株式会社
装　丁　　野口萌

検印廃止

Printed in Japan
ISBN 978-4-344-69025-7 C0095
幻冬舎メディアコンサルティングＨＰ
https://www.gentosha-mc.com/